Primeiras Estórias

河的第三条岸

João Guimarães Rosa

[巴西] 若昂·吉马朗埃斯·罗萨 著

郎思达 译

新流出品

关于若昂·吉马朗埃斯·罗萨

我曾经在两部非凡的短篇小说里读到了比很多长篇小说还要漫长的时间,一部是美国作家艾萨克·辛格的《傻瓜吉姆佩尔》,另一部是巴西作家若昂·吉马朗埃斯·罗萨的《河的第三条岸》。这两部作品异曲同工,它们都是由时间创造出了叙述,让时间帮助着一个人的一生在几千字的篇幅里栩栩如生。

——中国作家　余华

罗萨的文字游走于颠覆与重建之间,他撕裂常规的语法结构,将方言与自创的"罗萨式暗语"熔铸成独特的叙事肌理,在现实与超现实的拼图中书写巴西腹地的人性光谱。直至今日,他依旧是走在前面的小说家。

——中国诗人、翻译家　姚风

我所有的作品都围绕着宇宙的奥秘,并试图对这个不断变化、难以捉摸、令人困惑、抗拒任何逻辑的东西稍加窥探,它被称为"现实",它就是我们自己,是这个世界,是生命本身。

——若昂·吉马朗埃斯·罗萨

(1969年与其德文译者迈耶-克拉森·库尔特的访谈)

我们能感受到罗萨的天才,却难以给它定义。他对物质世界和人类世界具有独特的洞察力,但最重要的是,他在语言创造上具有非凡的能力。

——巴西著名社会学家、文学评论家
安东尼奥·坎迪多

罗萨的纪实性体验,对腹地生活的观察,对事物及其名称的热爱,以及对乡土人心的深刻洞察——这一切都借助其创造力转化为普遍意义。这种创造力将他的作品从地域主义的框架中解放出来,使其能够表达那些艺术赖以生存的伟大主题:痛苦、喜悦、仇恨、爱与死亡……

——巴西著名社会学家、文学评论家
安东尼奥·坎迪多

吉马朗埃斯·罗萨从不让任何人好过。他希望读者全身心地去理解他，他要求这种努力。

——巴西小说家、剧作家

安东尼奥·卡拉多

尽管非常难译，我们当代最伟大的作家吉马朗埃斯·罗萨终于还是来到了美国、法国和德国的书店。

——1964年12月《纽约时报》评论

《最初的故事》这一部作品引人入胜，光彩夺目。腹地在光彩中燃烧，但燃烧最烈的不是它的躯体，而是它的幻影。

——路易斯·哈斯

《进入主流：与拉丁美洲作家的对话》

我们这些腹地的人，天生就是寓言家。讲故事是我们的血液；我们已经在摇篮里接受了这份生命的礼物。我们从小就不断聆听长辈们五彩斑斓的叙述、故事和传说，我们也在一个有时类似于残酷传说的世界里长大。通过这种方式,我们习惯了它,并讲述流经我们血管且渗透到我们的身体、我们的灵魂的故事,因为腹地是它的灵魂。

——1965 年 1 月,君特·洛伦茨在拉丁美洲作家大会对若昂·吉马朗埃斯·罗萨的采访

写作时,我重复着我经历过的生活。对(现实与虚构)这两种生命来说,只用一种词汇是远远不够的。换句话说,我愿是一条生活在圣弗朗西斯科河里的鳄鱼。我渴望成为鳄鱼,因为我热爱那些伟大的河流——它们如人类灵魂般深邃。表面上看,河流充满活力、清澈见底;但在深处,它们如同人类的苦难一般,平静而幽暗。

——若昂·吉马朗埃斯·罗萨

译序

走入罗萨的迷宫
——《河的第三条岸》

2024年是我学习葡萄牙语、接触葡语文学的第十一年。二月的第一天,在澳门大学人文学院姚风教授的推荐下,出版方与我建立起联系,讨论巴西作家罗萨作品的翻译与出版事宜。春节前,我开始啃读《最初的故事》[1],一边赞叹罗萨

---

[1] 关于这部作品的中译本名称,需要说明一下,我们最终定为《河的第三条岸》,是考虑到中国读者相对熟悉,也借此机会致敬老一辈翻译家,因为这个同名故事早在1998年就由译者乔向东先生经英文版转译成中文,收录于《世界精短小说经典三十八篇》,来到包括作家余华先生在内的中国读者手中。

刁钻古怪的书写风格（不论是取材还是写法），一边预感这些故事的翻译将面临重重挑战，危机四伏。在后来缓慢推进的翻译工作中，我不止一次在坚持和放弃之间摇摆：虽然文学翻译和跨文化研究一直是我喜爱和认真耕耘的领域，但以自己目前的学识和母语创作能力，翻译罗萨似乎为时尚早；可是反过来想，这不正是一个成长的好机会吗？这样一位对巴西文学和世界文学都非常重要的作家，从未被译介到中国，其作品的译介价值、研究价值和文明交流互鉴价值，一定是与其难度和复杂性成正比的。果不其然，与罗萨相关的中文资料寥寥无几，大多数的疑问都要到葡语文献中去找、靠文学理论去阐释。这就是"最初的故事"。

随后是二月到八月的艰难探索：苦思冥想，抓耳挠腮，恍然大悟，拍案而起……读罗萨的作品，比起畅快地一饮而尽，更像是啃一块压缩饼干，需要慢慢咀嚼和吞咽。因此，每一次翻译都为译者带来"牵一发而动全身"的挑战。我从每个解开困惑和找到解决办法的时刻中获得勇气和鼓励，还有对罗萨的敬佩（和怨气）。当然，也有一些谜题尚未找到答案,等待读者、专家、前辈的批评和指导。

八月底,初稿完成,短暂地舒了一口气,但在后续的校对修改工作中,我又犯起"译者两难"的愁来:要想给译文增加可读性,就不可避免地要弱化原文的复杂性,但对罗萨这位语言大师来说,不能再现其语言中的创造性就意味着一种缺失。一般来说,翻译长篇小说,回旋余地更大,中篇、短篇次之,诗歌最小。《最初的故事》介于短篇与诗歌之间。一方面,作为读者的我,对于读者阅读困难作品时遭遇挑战的心情完全理解;但是另一方面,作为译者的我,不能完全弱化作者有意设置的阅读挑战。要知道,对葡语读者来说,阅读罗萨也绝非易事。所以,还请读者做好心理准备,多多理解包涵。到十月底,经过我与编辑们的多次讨论和修改,审校工作已基本完成。同时,我开始撰写译序,除了抒写一些翻译的心得体会,更是想借此机会贡献一点中文资料,简要介绍罗萨的生平和作品,用以抛砖引玉。

最后,感谢姚风老师一直以来的鼓励、指导和帮助,感谢编辑老师的细致工作,感谢余华老师的推荐,尤其是他敏锐而独特的眼光,早早嗅探到了罗萨的丰沛和深邃(这两种感官的混用也是罗萨常用的一种修辞)。

***

若昂·吉马朗埃斯·罗萨(João Guimarães Rosa,1908—1967),巴西诗人、外交家、小说家、医生,被公认为是 20 世纪极为重要的巴西作家。罗萨小时候就展现出对语言的超凡兴趣,他会说七国语言,能阅读十余种文字,并且自学过十几门语言的语法。对他来说,"研究别国语言的精神和机制对深入理解本国语言大有裨益,不过,最重要的是抱着娱乐、兴趣和消遣的态度去学习"。罗萨的写作也是如此,更多的是为了自我愉悦、自我净化和自我实现,似乎被更多的人阅读只是侧面证明了他的内心追求和写作的原创性。这位不受政治束缚、在艺术标准上避易趋难的小说家,不仅成为巴西最伟大的作家之一,更是凭借作品的真实性赢得了许多国际读者,为提升巴西文学的世界价值开辟了新视角。

1908年6月27日，罗萨出生于米纳斯吉拉斯州科迪斯堡市的大庄园主家庭，在祖父母所在的贝洛奥里藏特（Belo Horizonte）完成了小学和中学课程。罗萨的叔叔阿多尼亚斯（Adonias）——也是一位富有的农场主——赞助他在阿纳尔多学院（Colégio Arnaldo）完成学业。1925年，年仅十六岁的罗萨入读米纳斯吉拉斯联邦大学医学院。1930年，罗萨完成大学学业，与第一任妻子结婚，开始在伊塔瓜拉（Itaguara）[1]行医。正是在这两年时间里，罗萨开始接触到巴西腹地（sertão）的元素，这些元素成为他作品的参照和灵感来源。1932年宪政革命期间，罗萨离开伊塔瓜拉，成为公共部队（即现在的宪兵队）的志愿医生，在米纳斯吉拉斯州工作。后来，罗萨正式进入公共部队担任军医。1934年，罗萨实现了自己的愿望：考入巴西外交部，就此揭开了其外交生涯的序幕。1938—1942年，罗萨出任巴西驻德国汉堡副领事，二战期间帮助众多犹太家庭撤离。在汉堡，罗萨结识了他的第二任妻子阿拉西·德·卡瓦略

---

[1] 伊塔瓜拉，当时是伊陶纳（Itaúna）的一个区。

（Aracy de Carvalho）。这位杰出女性也在外交部工作，为了帮助犹太人逃脱纳粹迫害，她违法签发了超额的巴西签证。

罗萨的第一部作品名为《岩浆》(*Magma*)。1936年，这部诗集在巴西文学院组织的文学比赛中获得一等奖，但罗萨从未同意完整刊发这些诗作。1938年，罗萨创作了第二部作品《萨迦纳拉》(*Sagarana*)，由于战争，这部短篇小说集在1946年才得以面世。罗萨用它匿名参加了一场文学比赛，结果极具争议——一方面，这部神秘作品引致著名书商寻觅作者的真实身份，吊足了读者的胃口；另一方面，很多读者反馈它晦涩难懂，故弄玄虚，因此被埋没了许多年。如今，事实终于证明，这部具有先锋意义的作品显著超越了同期巴西文学的普遍水准。1956年，罗萨的长篇小说《广阔的腹地：条条小径》(*Grande Sertão: Veredas*)和短篇小说集《舞蹈团》(*Corpo de baile*)两部作品面世。1962年，短篇小说集《最初的故事》(*Primeiras estórias*)再次震撼巴西文坛，从看似简单朴素却暗藏玄机的书名中便可一窥罗萨对语言的精湛驾驭。根据这本书序言的作者保罗·罗奈（Paulo Rónai）

的解释,"primeiras"(最初的,最早的)这个修饰语并不是指罗萨出版较晚的早期作品,而是用来强调"estória"这个体裁的创新性。罗萨偏爱"estória"这个带有民间意味的新词,意在把"故事"这个含义从"história"(历史、故事)这个多义词中剥离出来[1],这种创新很快就被越来越多的巴西小说家与评论家接纳和采用。1963年,罗萨全票当选为巴西文学院院士,由于心脏问题,他在四年后才决定就职,或许像"勇敢航海者的启航"中的人物布雷热林亚一般,出于对命运敏锐的预知,他在演讲中以一种告别的口吻说道:"……人会死,是为了证明活过。"三天后的傍晚,1967年11月19日,罗萨心脏病发作,在巴西里约热内卢去世。

罗萨的作品以语言创新而著称。罗萨精通多种语言,博学多识,在民间和地方方言的影响下,利用古语和通俗词汇创造出许多新词,并且对语

---

[1] 故事《没有男人,也没有女人》当中的一个片段直观地体现了这两个词的差异:"一个老妇人,很老很老——像史书里记载的,故事里书写的——年纪大得令人难以置信。"

义和句法进行创造性调整。他随心所欲地创造新词（派生、复合、双拼、前缀、后缀、名词、动词、形容词皆有）、改变词语的惯用位置、拆分句子结构、打乱分句顺序、为标点符号开辟新的使用规则（他最偏爱冒号，表示此处建议停顿，最著名的例子是《广阔的腹地：条条小径》这一书名），就像布雷热林亚创造孩童般的语言一样愉快——"我和语言是一对热恋的情侣，共同孕育生命，但迄今为止，我们的孩子还没有得到教会和科学的祝福。不过，身为腹地人，我不担心这些规矩。对我来说，爱人更为重要。"[1] 许多词语也因此成为令学者和译者殚精竭虑的谜题。其作品的复杂性还在于其中大量的寓言元素、密集的象征意义、人物性格和语言表达的多义性，这些丰富的内涵激发了研究、评论和翻译工作。不过，即

---

[1] 译自葡文版《最初的故事》（2001）的出版说明："A língua e eu somos um casal de amantes que juntos procriam apaixonadamente, mas a quem até hoje foi negada a bênção eclesiástica e científica. Entretanto, como sertanejo, a falta de tais formalidades não me preocupa. Minha amante é mais importante para mim."

使是最敏锐的目光也无法捕捉罗萨的全部意图。在未经诠释的情况下，作品由一系列不可分割的暗示组成；诠释则意味着强调其中一个或一些暗示，而将其他暗示置于阴影中，并切断它们之间的联系。

作为译者，我斗胆探索了"罗萨最像迷宫的一部作品，其中的视角、氛围和情感温度发生了二十多次变化"[1]，因为《河的第三条岸》一共包括二十一个故事，它们的主题具有多样性：奇幻、心理、自传、喜剧、悲剧、肖像、回忆、逸事、讽刺、散文诗……大多数故事发生的具体地区我们无从得知，但可以确定的是，这个空间属于罗萨书中常见的、他童年和青年时期生活的地方——广阔的腹地。腹地，是占巴西领土面积几乎三分之一的茫茫高原，以戈亚斯州为中心，西起马托格罗索州，东至巴伊亚州，北至马拉尼昂、帕拉两州，向南延伸至米纳斯吉拉斯州大部。高山、

---

[1] 译自保罗·罗奈《最初的故事》葡文版序言（2001）："[…]O mais labiríntico de seus livros, onde a perspectiva, a atmosfera e a temperatura emocional mudam mais de vinte vezes[…]"

河谷、沼泽、荒漠、岩洞，腹地拥有几个世纪的地质史，景象万千，无奇不有。罗萨所写的短篇小说和长篇小说几乎都以腹地为背景，场景框定在高山和旷野之间，强者是唯一的法则，在大庄园里，"强者法则"体现为庄园主家长制，由几个可靠的打手和来复枪作为协助；在大庄园之间隐藏着一些人口稀少的贫穷村落，村子里没有任何社会组织，"强者法则"就由令人憎恶又惧怕的当地恶霸来施行；在为数不多的小镇里，"强者法则"由当地警察施行，而他们为了得到人们的尊重，不得不借用专横的手段……

这二十一个故事的结构与节奏，或者说叙述者的声音，也具有多样性：滑稽、悲怆、讽刺、抒情、古板、博学、通俗、迂腐……叙述者的声音其实是罗萨在迷宫中留下的重要线索。第一人称的"我"不是作者本人，而是一个叙述者，在《蜜月》《喝啤酒的马》《塔兰坦，我的老板》等故事中，"我"的个性随着情节的展开而逐渐清晰；《镜子》中的"我"是没有名字、被自己无数臆想的丝线困扰的自省者；《河的第三条岸》中的"我"逐渐被父亲的疯狂感染；《喧哗与骚动》中的"我"与作者共有言语的幻想和哲学思考倾向；《女善人》中的"我"更像是一个正义的声音而非真实的人，揭示了一个群体的沉默和苦难。在以第三人称讲述的故事中，也能看出隐形叙述者参与程度的差异。在《片段》和《洁白的物质》中，叙述者是无处不在、全知全能的；在《索罗科，他的母亲，他的女儿》和《达戈贝兄弟》中，叙述者更像是未被个体化的众多见证者之一；在《勇敢航海者的启航》中，叙述者潜在的共情流露出童年回忆的痕迹；在《快乐的边缘》和《树梢》中，这两篇故事在结构和目的上与其他故事有所不同，叙述者的存在是为了解读"小男孩"象形文字般的思想。而几乎在每个故事中，都能看到"我们"这个人称貌似突兀的存在，不时地指向读者。多个叙述者的声音代表着视角变化，其实是在引导读者从故事的不同角度去思考并重新审视故事。

故事中有两类主人公最引人注目：孩子和疯子。他们或多或少都是先知：不受文明的影响，接受本能的指引或激情的主导，被主流人群排斥，尚未融入或不适应社会，也不太关心现实和秩序。

在他们身上,直觉和幻想取代了理性,语言有着更深的回响。"孩子"是其中五个故事的"领衔主演"——《那边的小女孩》中的妮妮娅,拥有通过意念实现愿望和预知死亡的能力;《勇敢航海者的启航》中的布雷热林亚,具有非凡的语言创造能力;《皮林皮林魔幻心灵》中的小演员们,在一次演出中被激发起热忱和元语言式的剧本创作思考;在第一个故事《快乐的边缘》和最后一个故事《树梢》中出现的"小男孩",其成长过程如同故事中正在建设的大都市,处于社会化的初始阶段,充满新的发现和体验。

"疯子",或者说"反常的人"涉及的篇幅更多,罗萨对于边缘人群的关注和书写是有意为之,他曾说"光明属于所有人,黑暗才是不同的孤绝",甚至预料到了读者可能产生的困惑和不解,但这部作品的意义就在于"非正常书写"。这种非理性对理性的胜利成为罗萨写作的源泉,他将逸事性的叙事延伸到现实之外的层面,对潜意识进行探索——《没有男人,也没有女人》是一个成年人对童年一知半解的经历进行唤起和重构的过程;《镜子》是一位极其敏感的内省者的独白,他在生活里许多偶然的叠加之中寻找自我;那个爬上棕榈树的疯子和他引起的"喧哗与骚动"需要从个体病理学和集体病理学的角度进行研究。疯狂的呈现方式有很多种,它与正常之间的界限很模糊。疯狂意味着非理性、非现实、魔幻,填补生活的空白,从而更接近诗歌。"正常人"也会被"疯狂"的力量触及,因此,索罗科送走发疯的母亲和女儿之后,重新唱起了她们哼唱过的荒诞歌曲,而周围的人群也不由自主地跟着唱起来;当若昂·德·巴罗斯·迪尼斯·罗伯特斯先生从老眼昏花中苏醒,进行最后一次堂吉诃德式的骑行时,竟有一众"门徒"鬼使神差般一路追随着他。正如罗萨在《河的第三条岸》中写的:"没有人是疯子。或者说,人人都是疯子。"

作为地域主义作家,罗萨的写作并没有采用地域主义的常见技巧——在整本书中无差别地使用方言、只在人物对话中使用方言,或用约定俗成的文学语言完全取代方言。他采用的是第四种方法,让通俗语言的形式、迂回和技巧渗透到叙述风格中,让精心构建的语言融入角色的语言中。罗萨知道如何控制情绪、铺设悬念,制造灾难来临的预感。然而,这种预期往往不会得到满足:故事没有爆发已然结束,冲突在屈服或和解中已然消失——但是,读者并不会感到失望。在《大名鼎鼎》《达戈贝兄弟》《喝啤酒的马》《蜜月》《喧哗与骚动》和《塔兰坦,我的老板》这些故事里,预想的冲突没有发生,结局在人物内心得以展现。罗萨对于反高潮的大胆运用令人折服,这也证明了他撰写故事的高超艺术技巧。很显然,"地域主义作家"这个标签对罗萨来说并不意味着设定一种界限,因为他书写的空间是比腹地更辽阔和神秘的内心世界。巴西评论家阿尔瓦罗·林斯(Álvaro Lins)认为罗萨是"巴西文学中地域主义风格的理想典范,因为他呈现民族主题的表达方式具有普遍意义"[1]。

罗萨不断扩展语言的表达范围,其中一个重要的动机就是使其能够表达现实中尚未被观察到的色彩和模式,唤起读者的词源意识,恢复词语

---

1 译自阿尔瓦罗·林斯(Álvaro Lins)著作《穿礼服的死者》(*Os mortos de sobrecasaca*, 1963)第260页:"[…] deveria ser o ideal da literatura brasileira na feição regionalista: a temática nacional numa expressão universal."

在日常使用中被抹杀或遗忘的意义。口语化表达是比较典型的策略之一，包括语法错误、用词重复、方言、停顿、矛盾、口误，甚至多次出现说了一半没有下文的句子，那是罗萨在模仿思维突然停滞的情况或者文化程度不高的人说话。另一个典型策略是突出听觉维度，调动读者的听觉想象力，涉及丰富的头韵、尾韵、拟声词、谐音、双关、大胆的音节重复、分句之间的节奏韵律，甚至角色的名字和绰号也暗藏听觉玄机……口语化、具有民间特色的语言并不妨碍它同时具有高度的哲学意味，正因如此，在阅读罗萨作品时遇到困难是再正常不过的事情。无论是作为译者还是作为读者，我们都必须明白一个事实：并非所有作家都是通俗易懂的。每一次对作品的解释都会在一定程度上削弱文本的密度和阅读体验。

在罗萨的世界里，故事、人物、语言都是多维的，所有的河都有第三条岸。或许没有哪位读者能够完全理解这部作品的全部内容，但是，无论普通读者能从这些巴洛克式的繁复细节中抓住多少，我们都能从中领略到足够的魅力。在罗萨的世界里，我们一定会不止一次地迷失方向，但也是在这条条小径中,我们能够一次又一次地找到自我。

$\qquad\qquad\qquad\qquad\qquad\qquad$ 郎思达
$\qquad\qquad\qquad\qquad\qquad$ 2024 年 11 月于南京

目录

快乐的边缘 *1*

大名鼎鼎 *10*

索罗科,他的母亲,他的女儿 *19*

那边的小女孩 *26*

达戈贝兄弟 *34*

河的第三条岸 *44*

皮林皮林魔幻心灵 *54*

没有男人,也没有女人 *72*

天命 *86*

片段 *95*

镜子 *104*

一无所有与我们的处境 *118*

喝啤酒的马 *136*

一个皮肤很白的年轻人 *147*

蜜月 *157*

勇敢航海者的启航 *173*

女善人 *189*

喧哗与骚动 *206*

洁白的物质 *234*

塔兰坦，我的老板…… *2*

树梢 *263*

快乐的边缘

一

故事是这样的。有一个小男孩,他要和伯父伯母去一个在建设中的大城市度过几天。这是一次充满幸福幻想的旅行;对他来说,就像做了一场美梦。天还黑着他们就出发了,空气中弥漫着陌生的气息。爸爸妈妈把小男孩送到机场。伯父伯母会仔细照看他。他们微笑,问候,相互交谈。飞机是航空公司特制的四人座飞机。男孩的所有问题都得到了回答,就连飞行员也和他聊了天。这次飞行的时间是两个小时多一点。小男孩兴奋地在座椅上扭动,他开心地傻笑,惬意得像一片落叶回归大地。生活有时会闪现出非凡的真理。甚至别人给他系上安全带,也变成一种强烈的关爱、保护,以及油然而生的新希望:通向未知,通向更多。这是一种成长,一种探索——就像呼吸一样自然——他奔向旷野。这个小男孩。

按照预想的和谐美好的节奏,一切突然变得甜蜜起来,形成一致步调:满足感在意识到需求之前就已到来。飞机上提供糖果、口香糖,任他选择。伯父热情地教他如何调节座椅靠背——我们只需按动一下把手。他的座位靠窗,可以看到移动的世界。他们给他提供了许多杂志,可以尽情翻阅,还有一张地图,上面标出了一些飞机途经的地点。看完了,小男孩把杂志放在腿上,开始观察:堆叠的可爱云朵,纯净的蓝天,无垠的阳光,平坦的地面像地图一样展现在眼前,被分割成农田和牧场,绿色逐渐变成黄色、红色、棕色和绿色;远处,再往下,是山。大人,小孩,牧马,牛群——是不是像昆虫一样?他们飞得很高。现在,小男孩活跃起来;他的快乐光芒四射。他在飞机柔和的轰鸣声中:这件精致的玩具真棒。甚至还没有意识到自己有些饿了,伯母就给他拿来了三明治。伯父承诺说,等他们到了,还有更多能玩能看的东西,能做的事情,能逛的地方。小男孩的脑袋一下被塞满了,什么都有,又什么都没有。光和大片大片的云。他们到了。

二

黎明刚刚探出头来。大城市初具雏形,建在大半荒芜的高原上:魔幻的单调,稀薄的空气。停机坪离他们的木屋不远——这座木屋搭建在木桩上,几乎延伸到森林里。小男孩看着,目不暇接。他深吸了一口气。想要看得更清楚——这么多新奇的东西——在他眼前发声。住处很小,他走过厨房,到了算不上是院子的院子,更像是不让树木进到屋里的一小块空地。藤蔓和黄色的小兰花从高大的树木上垂下来。会有印第安人、美洲豹、狮子、狼、猎人从这里出来吗?只有声音。一只鸟——很多只鸟——发出悠长的鸣叫。这些声音敲开了他的心扉。这些小鸟喝甘蔗酒吗?

天啊!当他在院子中央看到那只火鸡时,它正站在房子和森林之间。那只火鸡威风凛凛地背对着他,接受他的赞赏。它展开尾巴,鼓起胸脯,转着圈:翅膀在地上拍打——粗糙而坚硬地——宣示自己的存在。它咕噜咕噜地叫着,摇动饱满的红浆果;头上的斑纹呈稀有的淡蓝色,像天空和唐纳雀一样;它的身躯圆润、完整、精致,由曲面和平面勾勒,蓝黑色表面反射着绿色的金属光泽——永恒的火鸡。好美,好美!它拥有温暖、力量和花朵的某些特质,丰满的感觉。它的华美如同惊雷。它的高傲色彩斑斓。让人大饱眼福,拍手叫好。愤怒时,它会蓬起翅羽,踱来踱去,再次发出咕噜咕噜的声音。小男孩开怀大笑。又忍不住再看一次。他们叫他去散步了。

三

他们坐着吉普车,去伊佩镇的某个地方。小男孩在心里默念着每一样东西的名字。飞扬的尘土,欢快的喜鹊。野生锦葵,乳香黄连木。白兰花,毛茸茸的。蓝萤蛇,正横穿公路。山金车花:苍白的多头烛台。鹦鹉如天使降临。红果仔鲜嫩欲滴。白色尾巴：野鹿。壮观的紫色渐变番红花。伯父说：那儿有"鹪鸪的粪便"。远处，一群红腿叫鹤在奔逃，如同一字排开的印第安人。还有一对苍鹭。庞大的太阳让这幅辽阔的景象更加宽广。布里奇果树，长在小山沟旁，他们的车在那里陷了一下。所有的事物，从朦胧中浮现。他的喜悦源源不断，如梦似幻，被日益增长的爱意滋养。在他的记忆中，它们变成了坚固的城堡，完美而纯洁。所有的一切，为了在适当的时候被发现，首先得是陌生的、未知的。他沉浸其中。

在回程中，他想着火鸡。他只想了一会儿，不想过早消耗那段温暖的记忆，那是对他来说最重要的记忆，保留在野树环绕的小院里。他只能拥有那一刻，短暂、庞大、漫长。每户人家都有这样一只火鸡吗？每个人都有这样的瞬间吗？

他们饿了，午餐已经准备好，大家喝着啤酒。伯父、伯母，工程师们。在餐厅里，听不到火鸡雄伟的鸣叫和咕噜咕噜吗？这座大城市将会成为世界上最宏伟的城市。它展开羽翼，威风、自豪、骄傲……他几乎没吃什么甜点,甜点是当地特产木梨果糕,被切成漂亮的形状,散发着蜜糖和花果的香气。他出了门,渴望再次见到它。

他立刻发现:它不见了。映入眼帘的是又高又丑的树林。那么——它在哪里?只有几根羽毛,残留在地上。"啊,它死了。博士明天不是过生日吗?"一切都失去了永恒和确定性;在一刹那,在一瞬间,我们最美好的东西被夺走了。怎么会这样?为什么这么突然?早知道会这样,至少他会多看它几眼——那只火鸡。那只火鸡——在宇宙中消失了。在那短短的虚无的一分钟里,小男孩吸入了一毫克死亡的空气。他们在找他——"我们去看看未来的大都市,那个湖……"

四

他沉默下来,陷入了一种严肃的疲惫,也提不起好奇心,不再让思想四处游走。他走开了。说起火鸡,他大概会感到羞愧。也许他不必这样,他没有权利为它感到难受、刺痛,或者失望、幻灭、心生怜悯。但是,他们把它杀了,这在他看来似乎也是一个错误。他感觉越来越累。几乎无法忍受眼前的景象,四面八方的悲伤:那片寂寞的地平线、平整土地的开荒工人、满载碎石的卡车、稀稀拉拉的树木、一条灰色的河流、兰花不过是枯萎的植物、死去的美景、消失的鸟群,充满灰尘的空气。他的疲惫是一种无法表达的情绪,成为一种秘密的恐惧:在机械世界,在充满敌意的环境中,可能有更多的厄运;在满足和失望之间,在不可靠的天平上,几乎没有中点。他垂下了小脑袋。

那里正在建造大型机场跑道——压缩机、翻斗车、压路机,带有夯锤的打桩机和沥青洒布车在广阔的土地上作业。那么,他们在这里是如何清理草木的?——伯母问道。他们把伐木机指给她看:机器前面装有一排类似轨道清扫器的厚刀片,像一把斧头。想看看吗?他们指着一棵树:一棵长在丛林边缘,普通得不能再普通的树。开拖拉机的小个子男人嘴里叼着一根烟头。机器开始移动。直线行驶，慢慢减速。那棵树，树枝稀少，树叶翠绿，树皮光滑……只要轻轻地碰撞一下：唰……一瞬间它就倒下了，整个倒下了，整个。完美倒地。眼睛甚至来不及去捕捉这个瞬间——这令人难以置信的撞击——沉重的打击。小男孩感到恶心。他望向天空——惊讶于它的蓝。他浑身发抖。那棵树，就这样死了。光滑挺拔的树干和树枝最后短促的摇曳——都归于空无。他把这一切都埋进了心里。

五

回到家后，他再也不想到小院去了，那里成了被遗弃的追怀和难以捉摸的悔恨。他自己也说不清。他的小小思维还处在象形文字阶段。但是，吃过晚饭，他还是到那里去了。没什么惊奇的——直到他看到它，温柔的意外：那只火鸡，它就在那儿！哦，不。不是它。这只更小，小多了。它有珊瑚般的肉冠、鲜艳的尾羽、刷子般的羽翼和沉闷的咕咕叫声，但缺少了上一只那种羽毛优雅的曲线、丰满和伸展的美感。但不管怎么说，他的到来和存在多少带来了安慰。

一切都在悲伤中变得柔和。直到日沉西山；直到：夜晚到来。而夜晚总会到来，痛苦无处不在。寂静从它的藏身之处走出来。小男孩，带着怯懦，用自己的破碎获得平静：某种力量在他心中努力扎根，壮大他的灵魂。

但火鸡已经走到了树林边缘。他在那里预见了——什么？在渐暗的天色里，几乎看不清楚。原来是另一只火鸡的头，被扔在垃圾堆里。小男孩既心痛又愤怒。

但是：不。不是出于同情和悲伤，这只火鸡才被吸引到那里的，它是受到了仇恨的驱使。它狠狠地啄着那另一颗头。小男孩不理解。树林，那些更黑的树，是太过巨大的东西；这个世界。黑暗降临了。

然而，一盏小小的绿光从树林中飞出来，那是第一只萤火虫。是的，萤火虫，是的，多美啊！——那么小，只在空中停留了片刻，往高处，往远处飞去。这一次，又是快乐。

大名鼎鼎

这件事发生得莫名其妙。谁能预料到这么没头没尾的事情呢？我正在家里，整个村庄一片宁静。突然听到有马蹄声停在我家门口。我走到窗边去看。

是一群骑士。仔细一看：一位骑士正对着我家门前，全副武装；另外三个骑马的男人，簇拥在他身边。这一切来得太突然，诡异极了。我紧张起来。这位骑士——噢这家伙——满脸不善。我知道这是以貌取人。这个男人在外奔波，是能战死沙场的人。他和我打了个招呼，冷漠、简短而沉重。他的马很高大，枣红色；马鞍精美，马蹄铁铮亮，浑身是汗。我心中疑窦丛生。

没有人下马。那三位骑士满面愁容，几乎没看我一眼，也对周围的一切视而不见。他们像是胆怯的平民，一支败军，精疲力竭，神情局促——他们是被胁迫的，没错。因为那位精明的骑士显然对他们颐指气使：他用一个轻蔑的手势，命令他们站在现在的位置。我家因为门口离街边还有几米距离，两侧又有围挡，所以自成一处隐蔽的角落。利用这一点，那个人让其他人站在这个不容易被看到的地方，同时封堵了他们的逃跑路径；此外，马匹紧紧地挨在一起，也无法快速移动。他利用地形来控制整个局面。那三个人是他的俘虏，而非随从。这个男人能有这样的举动，说明他只能是个乡野莽夫，是个不知悔改的凶悍土匪。我意识到，无论是对他笑脸相迎还是面露恐惧，对我都没有什么好处。我手上没有武器。即使有，也无济于事。他轻轻动一动手指，就能把我消灭。恐惧是在极端时刻的极度无知。恐惧，哦，恐惧，它折磨着我。我邀请他下马，进屋坐坐。

他拒绝了我的邀请，尽管这是习俗。他仍然戴着帽子。可以看出，他已经习惯了在马鞍上休息——当然，他放松身体，以便进行艰巨的思考任务。我问他怎么了，他回答说自己没有生病，也不是来找我开药或问诊的。他的声音很平静，似乎是想要表现得镇定；他的口音像来自远方的人，也许是圣弗朗西斯科。我了解他们这种人，不爱炫耀，也不做作。而是心怀敌意、冷漠、易怒、凶残，可能因为芝麻大点儿的事突然发作。我开始暗自做着思想准备。他说道：

"我来是想询问您的一个建议……意见……"

他皱起了眉头。野蛮的表情和食人魔般的眼神令人不安。不过，他突然放松了表情，似乎微笑了一下。接着，他从马背上下来；举止优雅，出乎意料。是因为尊重礼节，还是因为狡猾？他握住缰绳的一头，那匹枣红马很温驯。他仍然戴着帽子。目光警惕，眼神深邃。来者不善。一看便知：他全副武装，而且武器擦得锃亮。能感觉到他腰间佩戴的火枪不轻，枪套很低，枪正好在手边，他一直保持着右臂下垂的姿势，以便随时行动。引人注意的是他的红色皮革马鞍，做工精良，在这一片应该很难找到质量这么好的。一切都透露着野蛮的气息。他的意图中暗示着血腥。

他身材矮小，但结实健壮，像一棵粗壮的树。他随时可能爆发。倘若他接受邀请，进屋喝杯咖啡，反倒会让我平静。可是现在，他站在外面，既没有客人的待遇，也没有墙壁的隔绝，使得一切更加不安和不确定。

"您不认识我。我叫达马齐奥，来自锡凯拉家族……我刚从山里过来……"

我惊呆了。达马齐奥，谁没听说过他？这一带杀人不眨眼的传奇人物，背着几十条人命，危险极了。但也有人说，最近几年他脾气好了不少——能不惹事就不惹事。可是谁会相信虎豹不打猎呢？现在，他就站在我面前，一步之遥！他继续说道：

"您要知道，最近山里来了一个政府的人，一个年轻气盛的小伙子……我要告诉您，我不服他……但我不想和政府发生冲突，我没有这个精力，年龄也大了……很多人都觉得他太狂了……"

他突然沉默了。似乎为自己的开场白感到后悔，因为这显然暴露了他的意图。他脸色阴沉，思绪万千。他低头沉思了一会儿，终于下定决心。他抬起头，脸上露出似笑非笑的表情，还有阴森的牙齿。他没有直接与我对视，而是侧目瞥了我一眼。眼中闪过若有似无的傲气。他开始了他的独白。

他所说的内容散乱无序：涉及各种各样的人和事，从山里到圣昂，话题毫无关联，前言不搭后语，令人困惑。这场谈话如同复杂的蛛网。我必须仔细揣摩他的语气，才能跟上他的思路和沉默。他的语言透着诡谲，他绕着弯隐藏自己，让我无法捉摸。然后他突然说道："请您现在帮我个忙，劳驾您教教我到底什么是'大名赫赫……声名鼎鼎……声名昭著……大名显赫'……？"

这句话从他口中跃出，停留在齿间。他的声音像是假笑。可是接下来的举动充满了原始的粗鲁和膨胀的威严。他没等我回答，并不想让我立即给出答案。与此同时，另一种令人眩晕的恐惧向我袭来：可能是有人在背后搞鬼，捏造事实说我出言冒犯他；所以他才会气势汹汹地来到这里，让我当面做出一个要命的、耻辱的解释？

"您要知道,我今天从山里出来,马不停蹄地赶了六里格[1]的路,就是为了问您这个问题,要问个清楚明白……"

他到底是不是认真的。我心里七上八下。

"山里,还有来的这一路上,都没有人知道,甚至没有正经的——教人认字的书……人们说的都是错误信息,装作不那么无知……只有圣昂的神父可能知道,但我平时不和神父来往:他们总是喜欢胡说八道……好吧。现在,如果您肯帮忙,就请直言不讳,告诉我:我刚才问您的那个词是什么意思?"

如果这么简单。如果我说了。我会怎么样。他问的是:

——大名鼎鼎?

"是的,先生……"他提高声音,重复了好几遍这个词,最终怒火中烧,声音变得尖锐刺耳。他盯着我,咄咄逼人,气势汹汹——我感到巨大的压力。我必须弄个清楚。——大名鼎鼎?

---

[1] 英国旧时长度单位,1 里格合 3 英里或 4.83 公里。

我试图拖延时间。我需要余地转圜，缓一缓。像是寻求帮助一样，我瞥了一眼那三名骑士，他们一直僵在那里，默默无语。这时，达马齐奥说：

"您说吧。他们没有什么。都是山里人。只是和我一起来做证……"

我只能给自己解围。这个人想要的是明确的答案：确切的词义。

"大名鼎鼎"是中性的，意思是"著名的""众所周知的""声名显赫的"……

"您可能不知道，我是个粗人，我不懂。您再告诉我：这是冒犯？是嘲笑？是诅咒？戏弄？侮辱？"

"没有恶意，没有冒犯。这些都是中立的表达，在各种情况下都有使用……"

"那么……用穷人的话说，在日常语言里，是什么意思？"

"大名鼎鼎？好吧。就是：'重要的'，值得称赞和尊重的……"

"你敢用母亲的生命起誓，手按《圣经》保证吗？"

没错！这件事必须郑重其事。于是我坦诚地说：

"您看：我，正如您看到的，坦白说，嗯，我真希望自己有朝一日成为大名鼎鼎的人——尽我所能，越大名鼎鼎越好！"

"啊，好啊！……"他高兴地喊道。

他像弹簧一样翻身跨上马鞍。他骑在马上，心中释怀，舒了一口气。他笑着，像变了一个人。他对那三个骑士说："你们可以走了，伙计们。你们都听见了，这一番话很好……"他们很快就离开了。这时，他才走到我窗前，接过了一杯水。他说："没有什么能比一个有学问的人说的话更有分量！"难道他又因为一点小事而动怒了吗？

"谁知道呢，也许对那个政府的年轻人来说，最好的办法可能就是离开，我也说不好……"但他更多的是笑了，心中的不安已经消失。他说："我们每个人都经常产生愚蠢的怀疑，这种不信任……只会让事情变得更糟……"他道谢后，想和我握手。下一次，他会接受邀请，走进我家。

哦，当然。他策马离开，骑着他的枣红马，丝毫不在意是什么让他来到这里的，也没有想过，这些谈话可能变成令人捧腹的笑料和大名鼎鼎的故事。

索罗科，他的母亲，他的女儿

那节火车停在预留线路上，昨天晚上就停在那儿，是随里约热内卢的快车来的，就在站台旁的岔道上。它不是一节普通的旅客车厢，而是更加华丽、崭新的一等车厢。我们仔细观察，就会发现其中的不同之处。车厢分为两部分，其中一个房间的窗户上有铁栏杆，就像监狱里关押囚犯的窗户。我们知道，过不了多久，它的底部就会挂靠在快车上，成为快车的一部分开回去。它将永远带走两个女人，去很远的地方。从腹地开来的火车在 12 点 45 分驶过。

已经有许多人聚集在车厢周围等待。大家都不愿意让自己感到悲伤，他们交谈着，每个人都努力表现得很理智，好像比其他人更了解事情的实际情况。人来得越来越多——人头攒动。站台尽头几乎被占满了,牛栏旁边,警卫室门前,柴堆附近。按照约定,索罗科会把她们两个带来。索罗科的母亲年纪大了,七十多岁。他的女儿,他只有一个女儿。索罗科是个鳏夫。除了她们,没听说他有其他亲戚。

这个时候日头很大——人群尽可能躲在雪松的树荫下。这节车厢让人想起搁浅的独木舟,像船。我们看着:在太阳的光线下,它似乎是弯曲的,两头翘起。顶上凸起的边缘泛着黑光。它看起来像是来自遥远地方的奇怪发明,冷冰冰的,我们无法正确地想象,也不习惯看它,它不属于任何人。它要把这两个女人带到哪儿去呢,去一个叫作巴尔巴塞纳的地方,很远。对穷人来说,任何地方都是远方。

车站站长出现了,身穿黄色制服,手里拿着一本黑皮书,胳膊下夹着一面小绿旗和一面小红旗。"去看看车里有没有放冷水……"——他命令道。这时,制动员开始摆弄车厢的连接软管。有人喊了一声:"他们来了!"指着矮街的方向,索罗科住的地方。索罗科是个大块头,身材魁梧，脸盘很大，一把浓密发黄的胡须，脚上穿着一双布鞋：孩子们都害怕他；更怕他的声音，他的声音很低沉，很粗，然后会变尖变细。他们一行人走过来，像个仪仗队。

然后他们停了下来。索罗科的女儿——那个姑娘——唱起歌来，她举起双臂，歌声不太协调，无论是音调还是歌词都没什么准头——一点也不准。她眼睛看天，像圣徒，又像受到惊吓的人，身上装饰着各种奇怪的东西，带着崇拜的神情。她身上挂满了各色布条和纸片，披散的头发上戴着一顶圆锥帽，穿着各种混搭的衣服，垂着布条和腰带——丁零当啷，疯子的行头。老太太则是一身黑衣，戴着黑头巾，她轻轻地点着头。她们虽然不同，却也有些相似。

索罗科挽着她们的胳膊，一边一个。说句没谱的话，这场景就像要走进教堂，举行婚礼。但实际上很悲哀。像是一场葬礼。所有人都站在一旁，熙熙攘攘的人群不愿直视她们，因为那些疯狂怪异的举动让人想笑，也因为索罗科——不想对他不敬。今天，他穿着短靴、夹克，戴一顶大礼帽，他换上了自己最好的衣服。他神态自若，谦恭有礼。大家都向他表示同情的敬意。他回答说："上帝会报答你们的……"

其他人说：索罗科真的很有耐心。现在他不用再为这两个可怜的疯女人操心了，也是一种解脱啊。这也是没办法的事，她们不会再回来了，永远不会了。以前，索罗科遭受了多少不幸，和她们一起生活，受了多少折磨。后来，过了这些年，她们的病情越来越糟，他照顾不了，只好寻求帮助，这是必要的。总得有人管吧，采取必要的措施，帮帮他。所有费用都是由政府支付的，政府还派来了这辆车。由于这件事情的关注度和重要性，现在她们要被送到精神病院接受治疗。这就是接下来的安排。

突然，索罗科挽着的老妇人不见了，她坐到了火车的梯级上。"她不会怎么样的，站长先生……"——索罗科的声音很轻，"我们叫她，她也不会回答……"这时，姑娘又唱起了歌，她面向人群，人群看着天空，她的表情僵硬得平静，她无意成为大家关注的焦点，而表现得像是在演绎昔日那些不可能实现的辉煌。这时,我们看见老太太看着她,眼神中充满了古老预言的魅力——那是一种极致的爱。老太太开始低声歌唱,然后提高了声音,也跟着唱起了那首没人能听懂的歌。现在她们一起唱着,不停地唱着。

开车时间就快到了,必须尽快结束准备工作,把她们送上带有铁窗的车厢。于是,匆匆忙忙,没有任何告别,因为她们甚至无法理解也无须理解这一切。和她们一起上车的还有勇敢敏捷的内奈戈和非常谨慎的若泽·阿本索阿多,在这次长途旅行中,他们负责全程护送。还有几个小伙子也爬上车厢,帮忙搬运行李、提箱和很多的食物,确保她们不会缺少食物,尤其是有那么多袋面包。最后,内奈戈还走到站台上,向大家示意一切都已安排妥当。她们不会惹麻烦的。

此时此刻,我们只能听到她们两人歌声的尾音,原住民的笛声,回响着——它将人生的巨大参差记录在案,足以刺痛我们,而不留任何作案动机和地点,只有时间的过去和未来。

索罗科。

但愿这一切结束了。火车驶来，机器自动工作着，对接好车厢。火车鸣笛，然后驶过，一去不复返。

索罗科没有等到火车开走。他甚至没有看。他只是站在那儿，手里拿着帽子，愈加显得方正的胡子，聋了一样——这是他最令人惊讶的地方。这个悲伤的男人站在那里，面对命运的刁难，一句话也说不出来。遭遇了这一切，他，在无边无际的空虚和重压之下，无怨无悔，令人钦佩。有人对他说："世道就是这样……"所有人都对他充满敬意，眼中含着泪光。突然间，大家都非常喜欢索罗科。

他动了动身子，支离破碎，怅然若失，他转过身，准备离开。他要回家了，仿佛要去很远的地方，远离这一切。

但他停下了脚步。他变得非常奇怪，似乎要失去自我，失去意识。那是一种超乎寻常的精神状态，在理智之外。接下来的事谁也没想到：谁又能预见这种事呢？突然间，他唱起歌来，声音高亢有力，但只是唱给自己听——正是那首歌，她们之前一直唱的那首,疯歌。他不停地唱着。

我们感到一阵寒意,沉入海底——在那一瞬间。我们……不约而同,没人知道是怎么回事:所有人,出于对索罗科的同情,也跟着他唱起了那首疯歌。歌声是那么高亢!所有人一起走着,跟着他,索罗科,在他后面,跟着他唱,最后面的人几乎跑了起来,没有人停下来。这首歌永远不会从记忆中消失。成了一段无与伦比的记忆。

现在,我们要送索罗科回家了,他真正的家。我们,和他一起,去歌声要去的地方。

那边的小女孩

她家住在敏山后面,基本是在一片清澈的湿地中间,那个地方据说是"上帝的恐惧"。她的父亲是小农户,养牛,种田;她的母亲是乌鲁库亚人[1],即使在杀鸡或者训斥别人的时候,也从不摘下手中的念珠。她是个小女孩,名叫玛利亚,大家都叫她妮妮娅。她生下来就很小,圆圆的脑袋,大大的眼睛。

她好像从不刻意去看或者观察什么。只是静静地坐着,不要布娃娃,也不要什么玩具,坐在她觉得能坐的地方,很少动弹。"她说的很多话没人听得懂……"她爸爸惊讶地说。倒不是说她用词奇怪,而是因为她很少提问,比如:"他哇

---

1 乌鲁库亚,巴西米纳斯吉拉斯州的一个市镇。

啦啦了吗?"——你永远不会知道是谁说了什么。她奇怪的思维和扭曲的意义让人摸不着头脑。她会突然笑着说:"犹狳看不见月亮……"或者讲述一些荒诞、模糊的故事,大都很简短:一只蜜蜂飞向一朵云;一群男孩女孩坐在一张很长很长的糖果桌前,很久很久,没有尽头;或者准确罗列所有我们日积月累渐渐丢掉的东西。单纯的生活物品。

一般来说,除了她那完美的平静、不动声色和沉默寡言,还不到四岁的妮妮娅不会打扰任何人,也不会让人注意到她。她对人和事物似乎没有特别的喜欢或厌恶。有人给她盛饭盛菜,她就坐在那里,捧着盘子,很快就吃掉了肉、鸡蛋、油渣,还有其他看起来最美味、最诱人的食物,然后优雅地慢慢吃完剩下的东西,豆子、木薯、米饭、南瓜。看到她雷打不动的慢条斯理,我们不禁感到震惊。——"妮妮娅,你在干吗呢?"别人问她。她笑着,拉长声音,轻声回答:"我……在……做。"她什么也没做。她真的那么傻吗?

没有什么能吓到她。她听见爸爸让妈妈帮忙泡一杯浓咖啡,就笑着评论道:"要这要那的小孩……要这要那的小孩……"她也经常这样说妈妈:"大女孩……大女孩……"爸妈经常因为这事生气,但无济于事。妮妮娅只是低声嘟囔着:"随便吧……随便吧……"——她发出的音节,像一朵笨拙的小花。别人叫她去看看新鲜事儿,她也会说同样的话,那些足以让大人小孩兴奋的东西,到她这儿都无所谓。她非常安静,但身体健康。没有人能真正控制她,也没有人知道她的喜好。要是惩罚她呢?打她,爸妈不敢,也没有理由。而她对父母的尊重似乎更像是一种有趣的宽容。妮妮娅喜欢我。

现在,我们正在聊天。她欣赏着夜晚的外衣。"满满的!"她看着星星,闪烁,超凡脱俗。她称之为"叽叽喳喳小星星"。她重复道:"一切都在诞生!"这是她最得意的感叹,在许多情况下,她都会带着微笑说。还有空气。她说空气里有回忆的气味。"我们看不见,风何时会停……"她站在院子里,身穿黄色的衣服。有时候,她说的话很普通,是我们听得太夸张:"秃鹫的高度……"不,她说的只不过是:"……秃鹫到不了的高度。"她的小指头几乎指到了天上。她想起来:"树葡萄来看我……"她叹了口气,然后说:"我想去那里。""哪里?""我不知道。"她观察到,那里:"小鸟的歌声消失了……"其实,小鸟一直在唱歌,时间飞逝,我以为她没有在听;鸟不叫了。我说:"小鸟。"从那以后,妮妮娅就称橘腹鸫为"邻居女士……"她也有过更长的回答:"那我?我在思念。"还有,说起已经去世的亲戚,她笑了:"我要去拜访他们……"我很生气,警告她,说她走神儿胡说的。她打趣地看着我,眼神很有穿透力:"他对你哇啦啦了吗?"我再也没有见过妮妮娅。

但我知道,她就是从那时开始创造奇迹的。

妮妮娅的爸爸妈妈都没有马上发现那个突如其来的奇迹。是提安托尼亚发现的。似乎是一个早晨。妮妮娅坐在大家面前,一个人发呆:"我想让那只蟾蜍过来。"如果他们听见,肯定以为她像往常一样胡言乱语呢。提安托尼亚不怀好意地朝她摆了摆手指。可就在这时,那只生物直挺挺地跳进了屋里,来到妮妮娅脚边——这不是一只鼓嘴的蟾蜍,而是一只漂亮的绿色树蛙,从绿油油的草丛里跳出来的。这样的造访以前从未发生过。妮妮娅笑了——"在施展魔法……"其他人惊呆了,什么话也说不出来。

几天后,她又平静地说:"我想要一个番石榴馅的玉米粽……"——她小声嘀咕着,不到半个小时,一位远道而来的女士就带来了用粽叶包好的玉米粽。谁知道是怎么回事呢?还有其他接踵而来的神奇事件,也无法解释。她说她想要什么,什么就会实现。然而,她想要的很少,都是些微不足道的小东西,不值一提。后来有一天,妈妈生病了,找不到消除病痛的方法,也没有人指望妮妮娅能说出什么治病的法子。她只是微笑着,低声说:"随便吧……随便吧……"——他们也劝不动她。不过,她慢慢地走到母亲身边,拥抱她,给了她一个温热的吻。妈妈满怀感动地看着她,竟然一会儿就痊愈了。于是大家知道,她还有别的魔力。

他们决定保守秘密。以免好奇心重、居心叵测和利欲熏心的人前来打探，引发丑闻。神父和主教也不能知道，万一他们想要接管小女孩，就可能会把她带到严肃的修道院去。不应该有人知道这件事，哪怕是最近的亲戚。父亲、提安托尼亚和母亲都不愿意谈论这些事，他们对此感到莫大的恐惧。他们认为这只是幻觉。

父亲渐渐有点不耐烦了，因为这样做似乎不能获得任何实质性的好处。大旱来临，灾情严重，甚至连湿地也开始干涸。他们试图请求妮妮娅：想想下雨。"但是，这不可能啊……"——她摇摇头。他们催促她说：如果不下雨，一切都会枯竭，牛奶、米饭、肉、甜点、水果和糖蜜。"随便吧……随便吧……"她安静地微笑，甚至闭上了眼睛，仿佛在回应燕群那突如其来的沉寂。

两天后的一个早晨，她有了新愿望：她想要彩虹。于是下起了雨。然后出现了彩虹，特别耀眼的绿色和红色——说成是鲜艳的粉红色更恰当。妮妮娅高兴极了，这天下午，她一改平时的严肃，活泼起来。她在屋里、院里又蹦又跳，这样的妮妮娅从未有人见过。"那些小绿鸟也是她许愿的吗？"——爸爸妈妈互相询问。那些小鸟歌唱着，它们是动物王国的议员。可是有那么一会儿，提安托尼亚教训了妮妮娅一顿，说她蛮横、强硬、没用，连爸爸妈妈也搞不懂她、不喜欢她。而妮妮娅，只是又安静地坐下来，丝毫没变，像在做梦，脑袋里仍然琢磨着她的"小绿鸟"。爸爸妈妈高兴地窃窃私语：等她长大，懂事了，就能给他们帮很多忙，这都是天意啊。

好景不长，妮妮娅生病去世了。据说罪魁祸首是受恶劣空气影响的雨水。所有的音容笑貌都成了遥远的过去。

发生了这种事，家里所有人痛不欲生：一切太过突然。妈妈、爸爸和提安托尼亚都痛不欲生，仿佛自己的半条命也没了。更令人心碎的是，当妈妈拆下念珠的时候，没有唱《圣母颂》，而是低声念着那句——"大女孩……大女孩……"——是多么残忍。爸爸则用手抚摩着妮妮娅经常坐的小凳子，他自己想坐上去但是又不能，因为以他的体重，小凳子会被压坏的。

现在，他们需要派人去村里报个信，好定做棺材、准备葬礼，还需要请几位童女和小天使。这时，提安托尼亚鼓起勇气，讲出了那件事：那天，雨后出现彩虹那天，有小鸟那天，妮妮娅不合时宜地胡说八道，所以他才责骂了她。妮妮娅说：她想要一个粉红色的小棺材，带有闪亮的绿色装饰……结果一语成谶了！现在，要遵从她的愿望，订制一个这样的棺材吗？

父亲激动得流下泪水，愤怒地喊道：不行！如果同意这么做，就会心生负罪感，等于为妮妮娅的死尽了一份力……

母亲同意，她开始与孩子父亲争论。但是，哭了一会儿之后，她渐渐平静下来——面带微笑，温和而坚定——陷入沉思：无须订制棺材，也无须解释什么，因为事情已经这样发生了，粉红色配绿色的葬礼虹光，因为那就是她的愿望，一定是这样！——因为那就是奇迹，他们无比荣耀的女儿，圣妮妮娅的奇迹。

达戈贝兄弟

真是太不幸了。正在举行的是达马斯托尔·达戈贝的葬礼，他是四兄弟中的老大，彻头彻尾的恶棍。他们家的房子本来不小，但几乎容纳不下前来吊唁的人。大家宁愿待在死人身边，那活着的三兄弟或多或少让他们害怕。

咱们这么说吧，达戈贝一家，都是些不成器的。他们彼此不和，家里没有女人，也没有别的亲戚，全家都生活在刚去世的那位老大的专横领导下。他可是个大坏蛋，趾高气扬，虚张声势，好为人师，总是让几个弟弟背负骂名——用他的糙话说，他们是"孩子们"。

可他现在一死，就不是这么回事了，他不再是危险人物，而是被烛光映衬着，被鲜花簇拥着——他拥有的不过是那张令人厌恶的脸，食人鱼下巴,歪鼻子,还有他干的一桩桩坏事。不过,仍然需要在三个哀悼的亲属眼皮底下,保持对他应有的尊重。

他们不时端来咖啡、热甘蔗烧酒、爆米花,和往常一样。人们三五成群,在黑暗中或是大大小小灯光的照耀下,发出单调而低沉的交谈声。外面,漆黑的夜;下过一阵小雨。偶尔有人说话声音大了些,又突然压低,意识到自己粗心大意,羞愧不已。总的来说,葬礼一模一样,都按照当地习俗进行。但似乎一切都弥漫着恐怖的气氛。

事情是这样的:有一个小人物名叫利奥若泽,老实巴交,受人尊敬,就是他把达马斯托尔·达戈贝送进了死人堆。达马斯托尔毫无缘由地威胁要割掉他的耳朵。然后,看到利奥若泽,达马斯托尔就拿出匕首扑了过去;而这个安静的年轻人不知从哪儿搞来一把短枪,冲着对方的胸膛开了一枪,正中心脏。达马斯托尔就这样死了。

这事过去了很久,三兄弟都没有实施报复,

大家都很诧异。相反,他们急匆匆地料理后事。这实在非常奇怪。

更奇怪的是,那可怜的利奥若泽还留在村里,一个人在家,他大概是向最坏的情况认命了,连逃跑的想法都没有吧。

这符合常理吗?他们,活着的达戈贝兄弟,正在送别他们的大哥,气氛非常平静,甚至,虽说不上是庆祝却带着那样的某种喜悦。尤其是最小的德瓦尔,他忙前忙后,勤于交际,对来者和在场的人说着:"照顾不周,请多原谅……"多里康,现在的老大,已然显示出达马斯托尔继任者的严肃,他的身材同样魁梧,介于雄狮和骡马之间,还有同样突出的颌骨和毒辣的小眼睛;他昂着头,极其庄重地说:"上帝会保佑他的!"排行居中的是迪斯蒙多,长得很英俊,他看着祭坛上的人,流露出悲伤而克制的感情:"我的好兄弟……"

事实上,达马斯托尔生前一毛不拔,他的吝啬要比专横残暴更胜一筹,人们都知道他留下了一大笔钱,全是钞票,锁在箱子里。

要是这样，就没什么好说的了：但他们谁也蒙骗不了。他们知道分寸，知道还有事情没做。这就是美洲豹。拭目以待吧。他们应该是想分头行动，不轻举妄动，不急于一时。血债必须血偿；而这个晚上，这几个小时，他们要悼念死者，可以暂时放下武器，随便放在哪儿。一旦等墓碑立好，没错，他们就会把利奥若泽抓走，解决掉他。

这就是别人聚在角落里的评论，大家的嘴都没闲着，聒噪地窃窃私语。达戈贝三兄弟呢；他们表面粗笨，其实也很狡猾，是有些城府的，这些人称王称霸，不会轻易息事宁人：很明显，他们已经打定主意了。正因如此，他们无法掩饰那样的某种精明的喜悦，都快笑出来了。他们太怀念鲜血的味道了。只要一有机会，他们就默契地聚在一起，在窗前聊上几句。他们喝着酒。三个人形影不离：他们在警惕什么？口信时不时地在三兄弟之间传递，似乎聊得越来越深入，意见越来越一致，彼此越来越信赖——他们低语着什么秘密。

太可疑了！夜深人静，人们进进出出，而且：他们谈论的只有那个叫利奥若泽的男孩，一个正当防卫的杀人犯，达戈贝·达马斯托尔就是经他之手躺在这儿的。参加葬礼的人多少已经知道发生了什么；总有人一点一点地传话。利奥若泽一个人待在家，没人陪着，他是疯了吗？想必他没有趁机逃跑的计策，逃跑也没用——无论他跑到哪里，三兄弟早晚会抓住他。反抗没有用，逃跑没有用，什么都没用。他一定自怨自艾，进退维谷：在那里吓得要死，等待命运惩罚，他没有办法，没有胆量，没有武器。只是等待救赎的灵魂罢了！不过……

这只是一种猜测。有人从那边回来，给死者的三兄弟捎话，主要内容是，那个叫利奥若泽的年轻人，是个莽撞的农夫，发誓说他本无意杀死这位信奉基督教的兄弟，他直到最后一刻，为了自救，在命运的捉弄之下才扣动了扳机！他杀了人，但心怀敬畏。为了证明自己说的话，他准备手无寸铁、诚心诚意地前来谢罪，表明他沉重的负疚感，让他们相信。

真是惊掉下巴。谁见过这种情况呢？利奥若泽肯定是吓蒙了，他已经受到了审判。他还有一点点勇气吗？来吧：从油锅里跳到火炉里。其实他早已不寒而栗——众所周知——凶手和死者不共戴天，血债血还！这年头，就是这样。而且这地方，甚至连政府也不管事。

我们偷瞄着达戈贝兄弟，他们三个交换着眼神。"安息吧……"——迪斯蒙多说。德瓦尔说："愿你安息！"他很客气，表现得体。老大多里康原本就很严肃。他什么都没说，而是更加严肃。由于害怕，周围的人埋头喝着甘蔗热酒。又下了一场雨。有时候，守灵的时间似乎极其漫长。

模模糊糊又听到了什么。跟进调查搁置下来。原来是又来了一些说客。他们是想做和事佬，还是想火上浇油？愚蠢的提议！这是什么意思：让利奥若泽帮忙抬棺材……没听错吧？一个傻子——和三头疯兽；之前的事情还不够离谱吗？

没人会相信：多里康做了个平淡的手势，径

直开始说话。他语气冷漠,一双冷眼瞪得很大。那好,让他来吧——他说——等封棺之后。这情形未免也太离谱。我们真是活久了什么都见着了。

真会,如此?我们等待着后续。心里沉甸甸的;至少有种难以名状的恐惧。真是七上八下的几个小时。这一天过得极其漫长。终于到了早上。尸体开始发臭了。呃。

没什么仪式,棺材合上了,毫无优雅可言。棺材的盖子很长。达戈贝兄弟看着,眼中满是憎恶——那大概是对利奥若泽的憎恶。大家都这么想,小声嘀咕着。然后一片惨淡的哗然:"终于啊终于,他还是来了……"——之类简短的话。

他的确来了。一双双眼睛瞪圆了看着。高大、年轻的利奥若泽,一扫往日的稚气。他不卑不亢。像是灵魂非常虔诚的人,有一种平凡的谦逊。他走向三兄弟:"上帝与你同在!"——他的语气沉着冷静。然后呢?——轮到对方。德瓦尔、迪斯蒙多和多里康——人模人样的魔鬼。只是差不多说了句:"嗯……啊!"这算怎么回事啊。

棺材上有抓手:三兄弟分两边站。利奥若泽抓住棺材左前方的带子——按照他们的指示。眼含仇恨的达戈贝兄弟让他加入了。于是,送葬队伍启程,没完没了的事情总算要了结了。这形色各异的一行人,组成一个小队伍。整条路泥泞不堪。胆大的在前面,胆小的在后面。目光探察着地面。最前面是棺材,自然地晃动着。还有反常的达戈贝兄弟,以及一边的利奥若泽。这场重要的出殡。队伍向前行进。

每走一步,都很谨慎。人群里的每个人,或交头接耳,或沉默不语,大家心照不宣,求知若渴。这利奥若泽,无处可逃。他必须做好自己分内的事:低头认衅。这勇敢的人,没有退路。就像雇工一样尽责。棺材似乎很重。达戈贝兄弟身上带着武器。他们早已锁定了目标,可能在任何时候突然袭击。这不是别人看见的,是他们猜的。这时候,下起了一阵小雨。人们的脸上和衣服上都是雨水。利奥若泽——真是令人震惊!——他顽强地走着,沉默得像奴隶。他在祈祷吗？没人知道他是怎么想的，他的出现是命运的安排。

现在，事情很明白了：等棺材一入坟墓，他们就会把他打成筛子；只等信经念完。雨小多了。他们不去教堂吗？不，这地方没有神父。

队伍继续行进。

他们走进墓园。"此地，众生长眠"——门口的铭文这样写道。一些人踩着泥土，零零散散地聚集在坟坑边；还有不少人站在远处，他们随时准备溜之大吉。大家都小心翼翼。没有任何道别：致曾经的达戈贝，达马斯托尔[1]。坚硬的绳索，绑着棺木，下放深坑。泥土落在上面：一铲接着一铲；那声音让人害怕。接下来呢？

利奥若泽等待着，沉浸在自己的世界里。他只看见了鼻子底下那七拃深的土吗？他坚毅地看了一眼那无赖三兄弟。沉默变得扭曲。迪斯蒙多和德瓦尔两人在等待多里康。突然间，是的：他

---

[1] 达戈贝，达马斯托尔，文中"达戈贝"后面用逗号而不是中圆点连接"达马斯托尔"这个名字，是作者在模仿口语，表示停顿。

松了松肩膀；难道现在他才看见对方，准备动手吗？

他迅速看了他一眼。他把手伸向腰带了吗？没有。这不过是我们的预判，对动作的错误理解。只是突然听到他开口说：——"年轻人，你走吧，回家吧。我那死去的哥哥才是该死的魔鬼……"

他说这话时，声音很低，听不清楚。但他转身面向在场的人。他的两个兄弟也是。他们向所有人道谢。如果没有看错，他们匆匆一笑。抖掉脚上的泥巴，擦干脸上的雨滴。多里康简单地补充道："我们要走了，去大城市生活……"葬礼结束。另一场雨又开始了。

河的第三条岸

父亲是一个尽职尽责、有条不紊、积极向上的人；据我打听消息时各路明白人的证明，他打小就这样。在我的记忆中，他并不比我们认识的其他人更轻浮或者更悲惨。只是沉默寡言。母亲统管家事，她会在日记里责骂我们——姐姐、哥哥和我。但是，突然有一天，父亲为自己定做了一只独木舟。

他是认真的。他订购的那只独木舟很特别，要用巴西樟木制成，很小，船尾那块小木板就像是为划船人量身定制的。虽小，却必须由整木制造，选材要结实，弧度要坚硬，能在水里使用二三十年。母亲誓死反对这个想法。莫非他这个从来没捕过鱼、打过猎的人，现在准备去闯荡这些技术领域不成？父亲什么也没说。那时，我们家离河边更近些，还不到四分之一里格远：河水一如既往地宽阔、深邃、寂静。宽阔得让人看不清对岸的形状。独木舟完工的那一天，我至今无法忘记。

父亲既不喜悦，也不忧虑，他戴上帽子，决意向我们道别。他没有再说一句话，没有拿行囊和包袱，也没有留下任何嘱咐。而母亲，我们以为她会大发雷霆，但她只是脸色苍白得像神父的长袍，咬着嘴唇吼道——"你走，走了就永远别回头！"父亲没有回答。他平静地看向我，示意我一起出去走走。我害怕母亲生气，但还是乖乖地听话了。事情的发展鼓舞了我，我找到一个机会问他——"爸爸，你带我一起走吗？坐你的独木舟？"他只是把目光转向我，赐予我祝福，挥手叫我回去。我假装往家走，然后又转头回来，藏在灌木丛里，想知道后续。我们的父亲登上独木舟，解开绳子，划着桨。独木舟渐渐远去——它的影子越拉越长，就像一条鳄鱼。

父亲再也没有回来。他也哪儿都没去。他所做的只是执行一种想象：停留在河流的范围之内,在途中,一直待在独木舟里,好再也不用跳出来。这件事情的怪异程度让每个人都目瞪口呆。不存在的事情正在发生。我们的亲戚、邻居和熟人聚在一起,都在谈论这件事。

母亲羞愧难当,表现得非常谨慎;因此,大家都想到了那个他们不想说穿的可能:我父亲疯了。只有少数人认为,这也可能是为了兑现什么承诺;或者,我们的父亲可能患上了某种恶疾,比方说麻风病,因为有所忌惮而另谋出路,和家人保持着不远不近的距离。还有一些人——路人、河边的居民,甚至马路那头的人——传来消息,描述着父亲如何不分东西、不顾昼夜、孤身一人、无依无靠地在河上游荡,不曾上岸。于是,母亲和亲戚们达成一致,不管他在独木舟里藏了多少粮食,总会用完;他要么上岸远行,再也不回头,这至少看起来更合理,要么彻底悔过,回家来。

这里只有一个漏洞。那就是我,我每天都给他带点偷来的食物:这是第一天晚上我想到的主意,那晚我们一家人试着在河边点燃篝火,一边祈祷一边在火光下呼喊。第二天晚上,我带着红糖、玉米面包和一串香蕉出现了。熬了一个钟头,我终于看见了我们的父亲:他就那样在远处,坐在独木舟里,悬浮在平缓的河面上。他看到了我,没有划过来,也没有打招呼。我向他指着那些吃的,然后放进附近的一个山洞里,那里没有虫子,也没有雨露。我一而再,再而三,只要一出门就这么做。后来我才惊讶地发现,母亲早就知道我的任务,只是装作不知道;她总是多留些东西,好让我能轻易拿走。母亲什么都没有表露出来。

她让我们的舅舅,也就是她的哥哥,来帮忙打理农场和生意。还为我们几个孩子请来了老师。有一次,她委托神父穿戴齐全地来到岸边驱魔,呼吁父亲放弃他那可悲的执念。还有一次,她又找来两个士兵,想吓唬他。这一切都没有起到任何作用。父亲没有靠岸,一直乘着独木舟,或许有人看见,或许没有,任何人都没能抓到他,也没能跟他说上话。即使不久前,报社的人划着小船想来拍一张他的照片,也没有得逞:父亲会消失在河的另一边，把独木舟停泊在好几里开外的沼泽，在芦苇和灌木丛间，那里的黑暗，只有他了如指掌。

我们必须习惯这件事。可我们其实从未真正习惯过它。至少我是这样，无论我愿意还是不愿意，我总是会想到我们的父亲：这让我把所有其他的思绪都抛到脑后。他对自己的严厉，让人根本无法理解，他怎么受得了呢。无论白天还是黑夜，无论晴天还是雨天，无论酷暑、温和，还是严寒，他都不曾梳洗打扮，只在头上戴一顶旧帽子，经年累月如此——不知道他如何过活。他不曾登上河的两岸、小岛和礁石，也没有再踏上泥土或草地。至少，可以肯定的是，为了多睡一会儿，他会把独木舟拴在某个"码头"，他的藏身之处。但他没有在沙滩上生火，也没有点一盏自己的灯，甚至没有再划过一根火柴。他吃的东西，基本就那一点；就连我们放在大树底下或山间石洞里的东西，他也只拿一点，肯定不够吃。这样不会生病吗？胳膊上一直需要的力气从哪儿来，好让他驾驭独木舟，即使遇到洪水、涨潮，也能抵抗激流裹挟的一切危险之物、掉落的动物尸体和树枝——那些让人惊叫、让人碰撞的东西？他，再也没有和任何人说过一句话。我们，也不再提起他。只是还想着。不，不能忘记我们的父亲；即使我们暂时忘记了，也只是为了遇到其他震动时，再次唤醒这段记忆。

姐姐结婚了；母亲不想举办聚会。当我们吃到更美味的食物时，我们会想起他；在夜幕之中也会想起他，在那些冷雨滂沱、孤立无援的夜晚，父亲只能用手拿着一只瓢去舀独木舟里的暴雨积水。有时，一些熟悉的人觉得我以后会变成父亲那样。而我知道，他现在变得头发蓬乱、胡子拉碴、指甲很长、体弱多病、由于日晒和体毛覆盖而皮肤发黑，形似野兽，几乎赤身裸体，尽管时不时会有我们送去的衣服穿。他也不关心我们；难道他没有感情吗？可是我，出于亲情，出于尊重，每当我因为表现好而受到表扬时，都会说："是我父亲教我这样做的……"的确，这话不对，却是基于事实的谎言。如果他真的不记得我们，也不在意，那他为什么不沿河而上或顺流而下,到其他地方,去远方,别人找不到的地方呢?只有他自己知道。姐姐生了个男孩,她不顾反对地想让父亲看看他的外孙。我们一起来到河谷,那天天气很好,姐姐穿着白色的婚纱,就是婚礼时穿的那一身,怀里抱着孩子,姐夫为他们撑着遮阳伞。我们喊他,等他。父亲始终没有出现。姐姐哭了,我们都哭了,拥抱在一起。

姐姐搬走了,随丈夫一起到更远的地方去。哥哥决定在城市里生活。时代在缓慢流逝的时光中迅速改变。母亲最后也走了,搬去姐姐家住,她已经老了。只剩下我,留在这里。我从未想过要结婚。我背着生活的包袱,继续生活。我知道,我们的父亲需要我——在漂泊,在河里,在旷野——尚未对他的行为给出解释。但是,当我真的想知道,并且坚定地寻找答案时,人们告诉我的却是:父亲可能向那个为他制造独木舟的人透露过原因。但那个人已经死了,现在,没有人知道,也没有人能再想起来什么了。只知道一开始有一些愚蠢的传言,当时河水因无休止的暴雨而泛滥,每个人都担心世界末日就要来临,他们说：我们的父亲就是率先收到警告的挪亚，所以他提前准备好了独木舟。现在，我也不太能回忆起来了。我的父亲，我不能责怪他。我的头上开始长出几根白发。我是一个言语中充满悲伤的人。为什么我感到如此，如此内疚？是不是我的父亲，他总是缺席：而河流，河流，河流——永远流淌。我正忍受着衰老的来临——我的这种生活只是一种延迟。我尚且经常生病，恶心反胃，头晕目眩，筋疲力尽，风湿缠身。又何况是他？他一定受了更多的苦。他这么大年纪了，是不是迟早会体力不支，让独木舟翻倒，或者在河水上涨的时候，让独木舟在无人掌舵的情况下，顺流而下漂流几个小时，最后冲出汹涌澎湃的瀑布边缘，伴随着沸腾和死亡？我的心怦怦直跳。他就在那里，没有我的保护。我为自己都不知道是什么的东西而感到内疚，内心深处充满了无尽的悲伤。如果我知道，如果事情不是这样就好了。渐渐地，我打定主意。

我甚至等不到第二天。我疯了吗？没有。在我们家，没有人用"疯子"这个词，这么多年来,从来没有人说过这个词,没有人被判为疯子。没有人是疯子。或者说,人人都是疯子。我就这样去了。带了一块手帕,为了更容易被看到。我非常清醒。我等着。终于的终于,他出现了,那个模糊的身影。他就在那儿,坐在船尾。他就在那儿,一喊就到。我叫他,一连好几声。我说了急于说出的那些话,那些承诺和宣言,我必须用更大的声音:"爸,你老了,你做了那么多……现在,你回来吧,不必再待下去了……你回来吧,我,不管是现在,还是什么时候,我来接替你的位置,这对我们都好,我到独木舟上去!……"说出这些话时,我的心跳到了正确的节拍。

他听到了我的话。站了起来。在水中划动船桨,朝我驶来,他同意了。突然间,我深受震动:因为,他抬起手臂,做了一个问候的手势——过了这么多年,这是第一次!而我不能……拜托,我的头发都竖起来了,我跑,我逃,我不顾一切地冲了出去,离开了那个地方。因为,他似乎来自:另一个世界。而我在请求、请求、请求宽恕。

经过这场严寒般的恐惧，我病倒了。我知道，再也没有人有过他的消息。言而无信的我，还算个男人吗？我是没有成就的自己，我将保持沉默。我知道现在已经晚了，我怕我会在世俗的浅滩上断送自己的性命。但至少，临终时，让他们把我带走，把我放进一无所有的独木舟，放进这永不停息的水中，沿着长长的河岸：我，向下流淌，向外流淌，向内流淌——向河流流淌。

皮林皮林魔幻心灵

我们小剧场演出当晚发生的事真是让人——"啊"！不寒而栗。据我所知，任何人都不知道，没有一个人知道到底怎么回事。即使是多年以后的今天，我们仍然会想起这件事：更多的是因为它的突然而不是混乱，是因为它的混乱而不是吵闹。那天晚上之后，神父们说要叫停学院里的这种演出。最搞不明白那天晚上发生什么的就是我们的排练指导，佩迪刚博士，他是区域地理学和巴西史教授。退休后，他回到了家乡；如果他还活着，现在一定还在那里，年纪很大了。不知道那个顽皮的黑人小孩，驼背的阿尔费乌后来怎么样了？阿斯特拉米罗现在是一名飞行员，若阿金卡斯——他是一名赌徒，从事相关工作——我时不时会见到他们，那些事就会在脑海中浮现。我们要演的那部戏名叫《名医之子》，只有五幕。我们作为演员，就要为这部没有结果的戏剧负责吗？有时我这么想。有时我不这么认为。从那位严肃而神秘的指挥塞乌·西凯拉先生——绰号"鸭嘴兽"——在午休时间把我们叫到一起，宣布那个好消息时起，协议就生效了，我们就团结在了一股永不消退的热情之中。我们一共有十一个人，不，应该说，是十二个人。

当然，我们都被迷住了。庄严的裴斐多神父是这样向我们宣布的。就在那儿，佩迪刚博士站在旁边，我们念了《天主经》和三遍《圣母经》，以求圣灵之光。然后，佩迪刚博士拿着剧本，介绍了一遍剧情，这让我们所有人都心潮澎湃。接着，我们每个人都要朗读剧本中的一个选段，尽可能用自己最动听的声音来演绎；我们都读得很卖力，像在比赛。只有泽·伯奈不害臊地胡说八道，逗得我们哈哈大笑，他实在是个彻头彻尾的笨蛋。直到佩迪刚博士让我们离开，我们才想起来，班上最有主意、最受尊重的阿塔瓦尔帕（他扮演名医）和达尔西（他扮演名医之子·船长）闹别扭了。但他们俩很快同意和解，不用我们在中间调和。他们言归于好，阿塔瓦尔帕送给达尔西一枚德兰士瓦邮票，达尔西回赠阿塔瓦尔帕一枚不知是塔斯马尼亚还是中国的邮票。然后，他们俩当领队，扫视了我们一番，开始下达命令："这出戏，谁也不许告诉别人！"我们一致同意，并且发誓会保密。过了好一会儿，这阵兴奋劲儿才在我们脑袋里平复。当然，泽·伯奈除外。

泽·伯奈肯定是脑子少根筋。他根本不懂得做伴，也不会聊天，休息时间都在模仿他看过的电影：又跑又跳，疯狂乱窜，一会儿跑这儿一会儿跑那儿，假装策马奔腾，开枪射击，抢劫邮政马车，大喊："举起手来！"然后自己举起手来，最后再来一个吻——他会同时扮演男主角、女主角、恶棍和警长。他的确很招笑。这个傻瓜。尽管如此，大家都认为他比我适合演戏；裴斐多神父和佩迪刚博士认为我太腼腆、太不自在，这样演不好任何一幕戏。幸好，导演恰巧在这时进来，直截了当地说，既然我勤奋好学，声音抑扬顿挫,有做"提词人"的优势,那就做提词人吧。看到之后别人对我的态度,我真想笑。若阿金卡斯将要扮演"名医之子·神父",他给了我两包香烟,不同的新牌子,我回赠他一块五百里斯的硬币和我藏在口袋里的一半面包。达尔西和阿塔瓦尔帕则鼓起勇气宣称,泽·伯奈无法胜任任何角色。尽管泽·伯奈扮演的角色——"一名警察"——是整部戏最简单的角色之一,几乎没有台词,但是神父还是批评我们太自以为是。"另一名警察"由小阿拉乌若扮演,他也不中用,苦着一张脸:这件事已经没什么好说的了。但这并不意味着,我们没有给泽·伯奈灌输谨慎的告诫。他能够保守秘密吗?

然后,我们又有了别的担心。如果其他同学结成一伙,逼我们说出话剧的故事怎么办?有两个男生尤其让我们担心,他们很强壮,是高年级的寄宿生,没有获选参加话剧表演是因为他们坏得无可救药!一个叫"咣当郎",一个叫"罐子手",是我们队的中锋。这时,我们这边有人出了个主意。我们只需要赶紧编一个新故事,给别人讲这个假的,骗过他们就行。至于泽·伯奈,只要找一个人跟着,监视着他就行了。

其实,这些顾虑是不必要的。泽·伯奈什么都没说。除了一些有趣的片段和刺激的事件之外,他甚至无法理解真正的剧情,而这些片段被他糅杂到他课间不停表演的电影情节里;他总是一副英雄气概,不知疲倦地表演着。"咣当郎"和"罐子手"甚至都没提过这出戏,他们肯定是在假装无所谓。而另一个故事,也就是我们编造的故事,却越来越长,无止无休,我们中间总会有人提议加一点奇特的情节:"枪战""火车决斗""狗头面具",尤其是"引爆炸弹"。别人听得入迷,就要听后续。就连厨子的跛脚儿子小阿尔费乌也赶忙拖快脚步过来听,直到"鸭嘴兽"看到把他赶走。对我们来说,它已经成了"我们的故事",有时,比起另一个故事——那个"真正的"戏剧故事,我们甚至更喜欢它。不过,我为自己的提词人身份感到自豪,于是努力把真正剧本的一字一句都背得了如指掌。唯一让我不太高兴的是,在演出当晚,我只能躲在观众看不见的蒲篮下面,也就是提词厢里,我们排练的时候连这东西都没有呢。

"表演就是学习如何超越肤浅的情感,获得真正的尊严。"——佩迪刚博士翘着他那严肃的胡须告诫我们。"大块头"阿塔瓦尔帕和"小斑点"达尔西决定放弃这些愚蠢的绰号。几位女士正在缝制我们要穿的戏服:"名医"和"名医朋友"的燕尾服,"名医之子·牧师"的修士袍,"名医之子·船长"的制服,等等。我们提议以剧中的名字相称:梅斯基塔是"名医之子·诗人",鲁兹是"名医朋友",吉尔是"知道秘密的人",努诺是"特派员"。佩迪刚博士为了避免可能出现的尴尬,下令将尼博卡称为"助手"而非"仆从";阿斯特拉米罗是"被救赎之人",而非"犯罪之子";我则是"提词大师"。"记住:谨慎且威严……"——阿万特博士如是说——"生命短暂,艺术永恒……这是古希腊箴言!"我们开始担心自己的光荣梦想会破灭。我们打算好好表现,在演出之前,不偷偷抽烟,不在队伍里说话,不做一点出格的事,上课专心听讲。我们这些不是"玛利亚之子"的人也想参与其中。若阿金卡斯每天都领圣餐,他已然预见到自己成为一位神圣的牧师。每天傍晚,晚饭后的休息时间,我们都会上楼进行长时间的排练,这样我们就不用在"鸭嘴兽"的监视下上晚自习了;这个好处,让其他人羡慕不已。"加油!振作!我们要坚持。尊敬而坚定。循此苦旅,以达天际!一定要听从我的教诲……"佩迪刚博士说道。我们为追求完美而叹息,为舞台调度而苦恼。当然,泽·伯奈除外。他倒是雄赳赳气昂昂地走进来敬了个礼,但无论如何也别想让他说出两句通顺的话。时间越来越近了,还有不到两周的时间。为什么不把这个蠢货换掉呢?佩迪刚博士根本不听:"我亲爱的学生们,我会坚持不懈地帮助你们做准备,我的毅力不允许我失败!"泽·伯奈从这番话的语气中领悟到一些意思,他神情坦然,面露满足。嗯,他真该受一受严厉的、真正的"教育",我们会让他好好报答的。但不是现在。等演出结束,指日可待。为了这项非凡的事业,我们时时刻刻在一起,把其他计划都推到了假期，只是偶尔重拾我们对足球的热情。

若无艰难险阻，也不会有那些时光。其他人是在嘲笑我们吗？用装腔作势的语气，引用着我们听不懂的东西。他们说，他们已经知道了戏剧的真正情节，我们只不过是些炫耀者。另一个完整的故事版本实际上正在流传，这故事编得相当好，但与真正的故事毫无关联。是谁散播的消息？甘博亚，一个风趣幽默、别出心裁、能说会道的家伙，他到处宣扬自己知道全部真相。这个恶棍！我们也发誓演出后揍他一顿。而眼前要做的，是反击甘博亚的造谣，他让我们蒙羞。于是，我们竭尽全力，用最诚恳的语气一遍遍重复着"我们的故事"。学生们分成了两个派别，一边支持一个版本，他们经常互相转换阵营，有时一天要换好几次阵营。"咣当郎"和"罐子手"是甘博亚那派的领头羊吗？

"让我们把自己交予全能者的正义吧……"若阿金卡斯说道。"见鬼去吧！我要逮住他们！"——达尔西怒吼道，也可能是阿塔瓦尔帕。但是"这个该死的……给我带来厄运的坏家伙……"还逍遥法外。"鸭嘴兽"说这出戏耽误了我们的功课,这不是真的,因为我们无论如何都会在考试中取得好成绩。对不对?"罐子手"正在组建另一支球队,因为我们几乎不去参加训练;哦,真是悲惨!为了往泽·伯奈脑子里塞点东西,让他不再表演他的电影,值得吗?还有,不知怎么回事,剧中的一些真实场景逐渐被泄露了。难道我们之中有叛徒?不。我们发现是他:阿尔费乌。这个驼背,腿脚弯曲,步履蹒跚,几乎无法直立行走的跛子,但他就像蛇一样,可以悄悄地溜过走廊和楼梯;他一直鬼鬼祟祟地溜到门后偷听排练。但即使是演出结束,我们也没法教训阿尔费乌:他从神父的厨房里给我们偷面包、糖果、巧克力和其他东西。我们要给钱让他闭嘴吗?所幸,只剩三天了。佩迪刚博士终于放弃了泽·伯奈的台词部分,要求他在舞台上表演哑剧,闭口不言。我牙疼,疼得脸都快肿了;或许,不是牙疼?一切,只剩两天了。"咣当郎"和"罐子手"在密谋什么?距离首演,只剩一天半了。我们兴奋得浑身发抖,渴望那天到来。首演前夕,我们要整体彩排一遍。

"嘿,来吧!我们继续加油!……"佩迪刚博士脚步轻快地走进来。彩排闪闪发光,精彩纷呈,每个人的台词都张嘴就来——这倒让我不太高兴。他们不需要提词人了吗?就在这时,朱庇特雷霆震怒。神父院长看完了第五幕。他的表情抽象而严肃:也没有看着谁。他轻描淡写地说,我们表演得完美无缺,甚至太过完美,缺乏真实生活的冲击力和天性的自然流露……他让我们散了。我们一头雾水,闷闷不乐。况且已经这么晚了。我们的佩迪刚博士,他甚至连胡子都白了:"我亲爱的学生们……艰难困苦,玉汝于成……"他嘟囔着,"我们去睡吧……"

谁会想到,那天,第二天,星期天——重要的一天!——我们还在排练,排练,排练——天哪,这么忙乱,这么短的时间,少得可怜:弥撒结束得晚了,我们路过咖啡馆拿了点蜂蜜面包和饼干,赶忙帮着收拾剧院,提词厢被重新刷成绿色,很多女孩和女士来了,我们新做的戏服也打包送到了，另一边，传言说"咣当郎"和"罐子手"正在召集恶霸，想过来闹事，和我们打架，外地的访客也陆续抵达，来看这场表演的父母和亲戚，在学院里闲逛，又有人说，"咣当郎""罐子手"和甘博亚阵营的人，准备好好嘘我们一顿！——祸不单行，佩迪刚博士突然病了，肝腹绞痛，我们担心演出会取消，节目单也准备好了，就连阿尔费乌都穿了新衣服，是水手服，他妈妈还让他挂上拐杖，佩迪刚博士好些了，他站起身来，黑色大胡子很威严，傍晚，我们早早把晚饭吃了，有瓶装柠檬汽水、鸡肉、馅饼和两种甜点，我不太吃得下，当然是因为即将到来的大事，"鸭嘴兽"倒是看起来很满意，而我，一直在担心有什么倒霉事在最后一刻发生，我整天这么提心吊胆的，不是吗？

一片寂静。"鸭嘴兽"径直走向阿塔瓦尔帕。阿塔瓦尔帕的叔叔就在门口——阿塔瓦尔帕的父亲是位议员，他病危了，在里约热内卢。阿塔瓦尔帕必须在两小时内乘火车离开。那话剧怎么办，演出怎么办？阿塔瓦尔帕已经跟着"鸭嘴兽"去换衣服,收拾行李了。但这场戏不可能不演,这是一场义演。而且……能代替阿塔瓦尔帕出演"名医"的人……必须记得所有角色的台词……就是我!嗯,那么提词人呢?这不是问题:提词人就是,没错,佩迪刚博士,是他。既然如此,就这样办。

激动——恐惧。燕尾服?观众。还有鬼鬼祟祟,用胳膊碰我的人——阿尔费乌!"你想喝一口吗?"他从神父的酒窖里顺来的东西:一瓶杜松子酒,他说酒能壮胆。我不想喝。其他人呢?泽·伯奈呢?阿尔费乌没有笑:只是"嘘"了一声。我不想听其他人的事。他们已经在帮我穿戏服了,燕尾服有点肥,没什么大碍。其他男孩应该也不喜欢让女士们和姑娘们往自己脸上涂脂抹粉,这也太不男人了!——说着又来涂眼睛了。重要的时刻到了。偌大的剧院,观众席人头攒动:"坐不下了!"——人群拥入和落座的嘈杂声不绝于耳,喧闹,喧闹,哦,还有灯光。佩迪刚博士也穿着燕尾服:"精益求精!"——他的声音有些无力。这不是最重要的时刻,是的,不是。

时间是整点。好像有人在推搡——不知道为什么。我被推到了前面。我只听到了灯光和笑声,但我看到的太多了。然后是一片寂静。

我站在那里,一动不动,身穿燕尾服,在最前排观众眼前,面对他们。他们想要我做什么,他们在期待什么呢?我的同伴从后面戳我:现在是弹指头的时候吗?噢!——突然之间,我认出了座无虚席的台下的每一个人:"咣当郎"、"罐子手"、甘博亚、"鸭嘴兽"、阿尔费乌、主任……噢!——我刚刚想起一件可怕的事,上帝啊,难道之前没有人想到过吗?我们之所以所有人站成一排,走到舞台前,我站在前面,是因为按照节目单:阿塔瓦尔帕要朗诵一些赞颂圣母保护神和祖国的诗句。但是,那些诗句,我不会!只有阿塔瓦尔帕会背,而他现在已经和叔叔一起,坐火车去看望他病危的父亲了……我不会。我:又僵硬又无力,进退两难,冷汗热汗直冒,手足无措,结结巴巴地"呃呃呃",没有办法,只有惊吓。

时间停止了。成千上万的人在我面前笑。我

从神父们的那一排座位，看到了手势：命令、疑问、愤怒的信号，他们在向我解释着我知道但做不到的事情。我摇了摇头，把口袋翻过来，表示我没有那些诗句可读。他们再三要求我。"放下帷幕！"——我听到裴斐多神父的声音。佩迪刚博士在那个小丑似的洞里摩擦着喉咙。我强迫自己不去看观众，大声说话。我颤抖着，大声喊道："圣母万岁，祖国万岁！"

掌声在礼堂里响起。"放下帷幕！"裴斐多神父又从舞台侧翼喊道。因为现在正是"名医"和他的四个儿子应该上台的时候了，然后帷幕将再次升起，上演戏剧的第一幕。"……帷幕！"但帷幕没有降下来，它一定是卡住了；迟迟没有降下来。有点混乱。那些应该下台的演员也没有下去。我们都毫无头绪地再次向前走，排成一排，像士兵一样，或者像傻瓜一样。然后嘘声就来了。震耳欲聋……

这嘘声，谁也没有想到。人山人海，嘲笑声、讥讽声、号叫声、口哨声、跺脚声。我们什么也没做。在那里，像真正的士兵一样，列好队形,脸色发青,强忍怒火。"注意!服从命令!"——即使是神父们也无法制止这一切吗?佩迪刚博士想从他的提词厢里站起来,但他退却了,又蹲下去。我们很坚定,一步也没动,嘘声此起彼伏。嘘声停了。嘘声又开始了。我们忍受着。"泽·伯奈!泽·伯奈!"——那些人在嘘声过后,嘘声中间或是嘘声的间隔里喊道。"泽·伯奈!……"真是够了。

泽·伯奈跳到前面,泽·伯奈跳到旁边。但这次不是任何西部电影或鲁莽的恶作剧。泽·伯奈开始表演了!

嘘声全部停了下来。

泽·伯奈表演着——而且表演得很好,流畅,巧妙,让所有人赞叹不已。他扮演着一个非常重要的角色,只是我们看不出是什么。但我们也笑不出来。这是真的。他全身心地说着台词。突然,我们发现:他的表演,有一部分正是甘博亚的故事!许多人拍手叫好。

我们瞠目结舌。一瞬间,我脸上发烫,羞愧难当;我觉得其他人也一样。事情不能再这样下去！我们开始飙戏。我们所有人，开始表演那个我们编造的故事。也包括泽·伯奈。事情就这样发生了。那是为荣誉而生出的冲动——那是没有约定好的事。更热烈的掌声响了起来。

起初，只是一派胡言——毫无意义的瞎扯，连猜谜游戏都算不上。佩迪刚博士气急败坏地低吼着台词和提示，逐渐绝望。并没有多少台词是我们用得上的。其余都是张口就来的——和确确实实的正经话。来自另一个世界的词汇。我也不知道自己要说什么，在说什么，说了什么——但一切都很好——没有和整体基调冲突。我之所以知道，是因为后来有人告诉我：在那场时髦的、未知的、轻率的戏剧中，一切都具有了力量与美，它是所有戏剧中最棒的，不曾存在，没有人写过，无法再现，永远不会。我看到观众们陶醉其中，静静地享受着这场奇观。我看到——我们不再是自己——每个人都经历了蜕变。佩迪刚博士一定已经入土为安，晕倒在属于他的提词厢里了。

"鸭嘴兽"和阿尔费乌要求再来一次。就连

主任也笑了,笑得像圣诞老人一样。啊,我们:主角,其他演员,临时演员,都化身为一个个鲜活的人物。我们正勇敢地超越现实生活,以一种世界上最自然的方式前进。泽·伯奈,他是最棒的吗?当然了,他是。太棒了,他闪闪发光,泽·伯奈!——是他点燃了这场表演。成功,不知如何而来,也不知从何而来;有人告诉我,对,它就在那儿;他发誓说那就是成功。

但是——突然——我害怕了?恐惧使我从狂热的创作中清醒过来。这场戏:难道永远不会结束吗?它没有开头也没有结尾?时间好像一点都没有过去。那么,我们怎么能理智地结束它呢?我们必须这样做。我努力打破我身上的魔咒;但我做不到,无法游出戏剧那永不停息、连续不断的浪潮。他们一次又一次地为我们鼓掌。然后我明白了。我们每个人都超越了自我,被带到难以置信的高度,知道自己真正地活着。这太美好了,太美妙了,让人难以承受——我们飞翔着,乘着一种爱的翅膀,乘着词语的翅膀:我们自己的话语和我们听到别人说的话。如何才能结束呢？

于是，想，又不想，又不能，我意识到——只有一个办法。只有一个办法可以中断，只有一个办法可以走出锁链，走出河流，走出圆圈，走出永无止境的表演。我一边说话，一边走到舞台边缘的边缘。我瞥了一眼，眨了眨眼，然后翻了一个筋斗。我故意摔倒，头朝下翻滚。

我想，世界终结了。

至少，那天晚上的世界终结了。第二天，当我完全康复，在课间休息时享受荣耀时，甘博亚走过来，对我说："诶，诶，嘿？你都看见了，我的故事也是真的，不是吗？"我跳起来，狠狠地和他打了一架。

没有男人,也没有女人

在偶然发现的庄园里,在其他众多被重新发现的遥远事物中,伟大而不可逆转的事件曾经发生,并且仍然发生在我们记忆之中——倒影、闪电、火光——沉重而朦胧。这座陌生的宅邸向后退去,退到一座座山脉后,永远地,退到了某条河流滋养的森林边缘,禁止幻想。或许并不是在庄园里,也不在那未知的目的地,更不在如此遥远的地方?现在和将来,都无从知晓。

但是一个小男孩走进了阳台尽头的房间,那里有一个男人,虽然看不清模样,但肯定已经"上了岁数"——用这个有趣的现有说法来说。他应该是房子的主人。在那个房间里——根据它的模样判断,这大概是间"书房",在这个地区,带宽敞阳台的大宅子里通常都有书房——里面有一本日历。小男孩不识字,但他仿佛在重读一本杂志,欣赏着插图的鲜艳色彩;还有它们的气味。因为气味是最生动、最持久的东西,它将其他东西保留在我们的回忆里:桌子,红色的小书桌,抽屉,制作抽屉的优质木材;那是一种不会再次存在的气味。那个看不清模样的男人,现在看起来很像另一个人——那些年老的叔伯和我们的老熟人当中,话最少的一个。但事实证明,他不是。只是有一次,有人碰巧用一个发音相似的名字称呼他;熟悉和陌生的两个人就这样混淆了。那么,是否有其他人进入了房间?那个女孩,你们想象一下。再次出现的是那个女孩,美丽而含蓄。对于那个女孩的记忆闪耀着非凡而奇妙的光芒,如果我在这里找到了"和平"一词背后的含义,那也是通过她传递给我的。事实上,那个日期不可能是真的。不过,如果是另一个日期,那也是出于某种原因,由变幻莫测的记忆强加给我的。那个女孩用一种不食人间烟火的声音问,日历上是1914年吗?女孩的声音会永远纠正它。

这一切不是过去很久了吗？寂静，深沉，不真实，或许还有谁尚在人世，能说清楚在这些遥远、已逝的年岁里这个小男孩在哪儿，去过哪些地方？直到现在，他的意识中才慢慢浮现出一丝来之不易的回忆之光，仿佛在漫长旅程的尽头。仿若星星，从未以其他方式照耀过我们。

然而，很久以前，那里真实存在过今天依然存在的东西，甚至我记忆里最遥远的月光也曾照耀过那里，我知道，我确信无疑。那座房子——粗糙或气派——没有任何显而易见的历史，只能在阴影、暗淡的油彩中感知：带栏杆的窗户、楼梯平台、空荡荡的奴隶睡床、不安的牛群？如果我能回忆起来，我将获得平静，如果我能重新连接记忆：看透那些已经发生过的，分辨什么是正确和真实。童年是什么，究竟是什么？

当少女和少年相互凝望时，他们的目光与其他人不同；两个人都散发着一种相似的光芒。他们对望着，就像突然间歌唱的鸟儿，缓缓摇动的树木，毫无规律的云朵：就像吹散的灰烬和炭火的炽焰。他们对望着，不远不近，天高气爽，不知不觉,毫无理由。少女总是很慢。少年总是很急切。小男孩总是在附近,紧紧地盯着他们的眼睛。或许正是在这些混乱印象中浮现的细节中,暗藏着我们内心黑暗部分的狡猾诡计,它试图不明所以地欺骗我们,或者至少延缓我们探寻真相的脚步。但是小男孩希望他们两个永远不要停止对望。没有一双眼睛看得到底;生活,也看不到底。

那个小男孩是如何,又是为什么来到那座房子的?也许他走错了路,没有家人陪伴。他原本打算逗留的时间比实际要短吗?在一开始,大家都想向他隐藏某个房间里的东西,甚至包括通往那个房间的走廊。这种疑虑如今帮助男孩回忆起了许多事情。不过,那位少女是他见过的最美丽的造物,她的美永无止境。她也许是城堡塔楼里的公主。高高的城堡塔楼周围不应该有黑鹰在盘旋吗?那个沉默寡言的长者其实就是少女的父亲。他是否同意所有人的看法,是否沉默而不悲伤?云层是为了遮挡视线的。有时,即使是一个小男孩,也会怀疑那条狭窄的路——徘徊在平和与焦虑之间。

　　后来,或许是因为他们改变了主意,或许是因为小男孩不得不在那里滞留更久,他们就让他知道了房间里的情况。允许他看。房间里,有一个女人。一个老妇人,很老很老——像史书里记载的,故事里书写的——年纪大得令人难以置信。她岁数太大了,所以身体萎缩,越变越小,小得像个孩子,满脸皱纹,脸色苍白:她走不了路,也站不起来,几乎不能做任何事,脑子也不清楚。他们连她是谁也搞不清了,谁的曾曾祖母吧,更无从知道她多大年纪,无法计量,无法估算,代代相传,她与废人无异,只不过和我们是相同的物种,有一样的身体结构罢了。无法追溯的回忆,只有一个模糊的概念尚存,那就是她与他们有血缘关系。但已经看不出任何相似之处了。少女悉心照料着她。

　　隐隐,约约,必须非常努力才能追忆起什么,落下的雨,生长的植物,向后,穿过这片空间,烛台,皮箱,大木箱,箩筐,昏暗之中,那些灰色灯罩、圣像龛、圣徒记录,如同一块古旧的蕾丝织物，一展开就消失不见了，它的气味再也闻不到，悬浮的森林，水晶相框，森林和眼睛，变成白色岛屿，人们的声音，在我心中涌现、停留、盘旋，聚焦在雕花的木制高床上，镀金的床头；也许物品对回忆最有帮助，也许物品比回忆更持久：黑人妇女手里长长的烧烤铁叉，蓝花楹木做的巧克力搅拌器，和碗盘、带嘴的陶缸、锡杯一起放在橱柜里。小男孩害怕了，跑到厨房里寻求庇护，厨房又黑又大，腿脚粗壮的女人们经常在那里聊天说笑。

少女和少年来找小男孩了吗？少年给他造成了反感和怨恨，他嫉妒少年。少女一身黑衣，极其美丽，她高挑，白皙，黎明一般；就像婚礼上的伴娘，或者剧中人物？她抱起小男孩，身上散发着青草和玫瑰的香气，但比玫瑰更柔和、更庄重。这时，少年笑了。他们安慰小男孩说：老太太不是死人。她没有死。恰恰相反，她是生命。生命在那里存在，就在她身上静静地跳动着，她的心脏，生命的灵魂，仍在等待。那个女人仍然活着似乎是一件荒谬之事，而她也不应该因此受到责备。少年收起了笑容。沉默的男人也在那里，背对着他们，他虽然站着，但仍数着粗大的黑色念珠祷告。

他们告诉小男孩，让他知道：那老太太不是鬼魂，而是人。他们不知道她的名字，都叫她"太太奶奶"。她一动不动，躺在雕花的木制高床上，床头是镀金的，她几乎消失在被褥之间，在她狭小的空间里，神圣不可侵犯，她还在呼吸。所有细小的皱纹都是枸橼的颜色，睁开的眼睛是浅绿色的。她没有眼皮吗？然而，她干瘪的嘴唇，一阵颤抖，一点唾液，都柔弱得让人难以理解。小男孩露出了微笑。问道："她是睡美人吗？"少女吻了吻他。生命是风，试图吹灭一盏灯。一个不能行动的人，她的影子在走动。

少女不希望有什么变故。她有什么心事吗？少年恳求她，眼睛紧盯着不放。少女对他说："你还不懂得如何承受痛苦……"她颤抖着，像湛蓝的天空。我必须记住。往事像一片云彩飘到我面前，是为了让我认出它；但我还没有学会如何辨认。那是在大花园里。他们把年迈的太太奶奶也带到了那里。

他们把她带去晒太阳，小心翼翼地放在一个像摇篮一样的篮子里。一切都如此欢快和勇敢，让小男孩忘记了她是谁，他跑过去：想和她一起玩！少女委婉地阻止了，没有责备他，她坐在金银花和迷迭香丛中，美得无可替代。她望着太太奶奶，久久地凝视她，凝视着岁月，凝视着不同的时光，她自己也会成为一个年老的女孩。她给太太奶奶盖上一条古旧的披肩，披肩遮住了老妇人的手。有点滑稽，她像孩子一样被包裹着，朦胧呓语难以察觉，荒诞得可爱。他们将软食喂进她的嘴里。有时，他们会对她微笑，而她轻咳一声，似乎要开口说话——没人能听懂她在说什么——半悄声半悄语，比小小的白蝴蝶扇动翅膀的声音更加微弱。少女能读懂她的想法吗？她要喝水。少女端来水，双手捧着满满的水杯，依然面带微笑，一滴都没有洒——让我们觉得她就是这样出生的，双手捧着满满一杯水，直到重生之时：一滴都不会洒。

不，太太奶奶谁也认不出来，她目光呆滞，

思维里没有智慧,巨大的遗忘,注定要成为秘密——难以觉察的心。然而,在她游移的目光中,可以看出那无处不在的幸福、超凡脱俗的善良和梦幻般的美好带给她的惊喜。小男孩问道:"她现在头脑还清楚吗?"少女的目光落定,拨云见日。远处传来大剪刀修剪玫瑰丛的声音。是那位年长的男人,逆光站着,非常高大。少年握住少女的手,他爱着她。小男孩缩起身子,看向地面,闷闷不乐地噘起嘴。

长者只想看看花,置身于花丛中,照顾它们。他以花为伴。雾气弥漫,黑暗降临,筑起疲惫的高墙。请指引我!——像一条蜿蜒的溪流,试图爬上山峰。有一根绳子,让我们把它缠在一根棍子上。少女用那样温柔的语气对青年重复了许多事情。我必须从痛苦的层层遗忘中恢复、忘却再忘却、沉思——我知道什么呢?——那些被遗忘的层层痛苦。我生活、改变,往事也随之改变。如果我能再次找到它的话。这就是少年和少女的谈话。那位长者,她的父亲,患了无药可医的病,随时都有可能离世。

"那他知道了吗？"少年问道。少女正用一块精致的白手帕擦拭太太奶奶凹陷的嘴。"他知道。但不知道怎么回事！"她回答道，眼睛闭着，紧张得一动不动。少年咬了咬嘴唇，说着："谁又知道呢？为什么非要知道我们为什么会死呢？"这一次，是少女握住了他的手。

我陷入思考。昏昏欲睡。这位太太奶奶，她的名字和事迹怎会失传得如此彻底，又被家里的亲戚照顾得这么长寿呢？肯定是有人在弥留之际，还记得别人不记得的事情：她是母亲的母亲的母亲，代代相传。在来到这个庄园之前，她或许在某个城市或小镇居住，在一片广场旁边，在一所房子里，由一些单身中年妇女照顾。她们对这些事闭口不谈。很久以前，家族里几乎所有的女人，不约而同地，因为分娩疾病或产后高烧相继去世；之后，故事中断，失去妻子的男人们离开了家，年迈的太太奶奶被托付给远亲照顾，看起来，她的生命超越了普通生命和衰老的极限，成了永恒。然后，事实消散了。记忆是另一种遥远的存在。它们是停滞在沉睡边缘的事物。我们一直在成长，不知终点在何方。

从少年的侧脸可以看出，他情绪激动，咬紧牙关，与女孩争辩着，而她温柔又坚定。她说："……等待死亡降临……"少年满面愁容，神情紧张，他无法理解也无法考虑这层障碍。女孩解释道，这死亡不是说她父亲，也不是她在照顾的太太奶奶。她说："是我们的死亡……"说到这里，她微笑着——笑容灿烂如花，如生命的极致。她是否因为誓言而束缚了自己？不。她又说："如果我……如果你爱我……如何知道这份爱是正确的、唯一的？人生错综复杂，很容易犯错……你能忘记我吗，即使忘记了，在以后的以后，在不知不觉不经意间，你还会继续喜欢我吗？我们怎么能知道呢？"听到少女的回答，小男孩不禁打了个寒战，他真希望她没有说过这些话。回忆一旦失去，万物的表象都将陷入无序：它是一座桥，这座桥——似乎在某个时刻，断了。在记忆里挣扎。小男孩蒙了，他几乎失去了意识，仿佛他谁也不是，又或者他们都是同一个人，同一个生命：他，少女、少年、长者，太太奶奶——他把目光投向了他们。

按照记忆的要求,略微闭上双眼,就能看到——对画面的辨认、记忆变得清晰、模糊。少年感到绝望,他脸色苍白,声色俱厉地和少女说话,紧紧抓住花园的栅栏。他说,他这个人很简单,头脑清醒,不会不自量力,只是想按照自己的方式,自己的计划,过平凡的生活!如果少女不想留住他,如果她不同意,接下来会怎样呢?少女眼含热泪,依然面带微笑,美得仿佛来自另一个世界。她没有同意。只是深情地望着少年。于是,少年转过身去。少女蹲下身子,弯腰抱着太太奶奶的摇篮,抱着她哭了起来——她拥抱的是不可改变,坚定不移。一瞬间,她离我们如此遥远,甚至连小男孩都无法靠近她,宽慰她。小男孩只好去陪伴少年。少年接受了,拉着他的手,他们一起走了。

少年磕磕绊绊,像盲人一样摸索着墙壁。他们走进阳台最里面的房间——书房。那张书桌香气扑鼻,红色的木头,抽屉,小男孩本想要那本带有彩图的杂志;但又没勇气开口。少年写了一张便条，是给女孩的，放在那里。至于里面写了什么，就不得而知了。少女再也没有出现过。少年离开了，永远地，成了一个旅行者，小男孩也跟着他一起回家了。少年穿着蓝色毛呢斗篷，把小男孩放在马鞍前。他们回头望时已经走出了一段路：只有那位高大的长者，迈出门槛，站在门口，看不清脸，不知道他是不是在向他们挥手告别。

这段旅程必定是漫长的，少年与小男孩交谈，手把手地照顾他，不停地聊着。少年说："我会永远不忘记她，直到生命的尽头吗？我内心认可她所说的话吗……？"小男孩没有回答，只是坚定地想："我会！"啊，他在生少年的气，生竞争对手的气。少年呢，重复着他根本不在意的其他事。他问：能不能坐在后面，不坐马前背？他不想这么靠近少年的声音和心脏，他不喜欢。有时候，世界会突然变得非常渺小，但转眼间，它又异常巨大。我们应当等待第三种想法。现在，少年不再说话。失望和迷惘，浑浑噩噩地一起涌上来，他崩溃地哭了。过了一会儿，小男孩也慢慢流下眼泪，马沉重地喘着气。小男孩觉得：如果，他可以，出于某种原因，喜欢这个少年，那么，在某种程度上，他好像就离少女更近些，她那样美丽，那样遥远，永远，孤身一人。然后，他发现自己回到了家。他到了。

我再也没有听到那个少年的消息，甚至不知道他是谁：把我送回来的人。我注意到，父亲留起了八字胡。他正在命令两个男人在院子里砌新墙。妈妈亲了我一下，她想知道很多人的消息，又检查了我的衣服有没有破损，我脖子上的圣像小勋章有没有哪一个丢掉了。

而我需要做点什么，自己的事，我哭着对他们俩喊道："你们什么都不知道，什么都不知道，听见了吗?！你们把一切都忘了，你们曾经知道的一切！……"

他们低下了头，我想他们在颤抖。

因为我没有了解过我的父母——他们对我来说是如此陌生；我，永远不可能真正了解他们；我？

天命

有一天,一个刚到城里的小个子男人,就一件生死攸关的大事到我朋友家求助。我的朋友学识渊博、见多识广,他是诗人、教授、前骑兵中士和警署特派员。也许是因为他阅历丰富,他经常说:"一个人无法生活在一群人之中。我们现在看到的只是奇迹;除非有更合理的解释。"我的朋友是个宿命论者。

那天,那个时候,我们在他家后院,依次使用步枪和左轮手枪进行打靶练习。我的朋友确信,世界上没有谁像他一样会射击——枪法那么准,拔枪扣扳机那么快;他一天要用掉好几盒子弹。他侃侃而谈:"只有希腊人懂得最多。生活中,没有多少偶然的可能。"我的朋友,就像射击场里的瓷器一样相信天命。就在这时,有人来告诉他,那个小个子正在找他。

从长相和穿着可以看出,他是从外地来的。看上去二十多岁,或者三十岁;不过,他实际肯定比这年轻得多。少年,老成。这个可怜人,僵硬得像一块石碑,脸色沉重,刻满了纹路;他的双手因为锄地而布满老茧。我的朋友让他坐下稍等片刻,然后继续和其他人低声交谈;他大概是想更好地观察对方,不时用眼角余光对他进行评估。他说着:"如果命运是由连续的部分组成的——除了人物、时间和地点的普遍情况……还有因果报应……"关键是,我的朋友确实存在;他不是虚构的人物,你马上就会明白的。小个子坐在椅子边上,双脚和膝盖并拢,双手捧着帽子;整个人干净得体,穷困潦倒。

当问及他的身份时,他说他叫若泽什么什么,但是请原谅,还是叫绰号泽·森特劳夫吧。他给人的感觉是个很规矩的人;他不怎么紧张。出于对场合严肃性的认识,说话时有些局促:"我是个遵纪守法的人……我有个表兄是法官……但这对我没有帮助……我对秩序有坚定的信仰……"我的朋友喃喃地说："我们不是活在律法之下，而是活在恩典之中……"——我想，他引用的是《保禄书信》，我担心他不会同情泽·森特劳夫。而这个小个子目前显然是被钉在十字架上的处境，因为他感到自己被贬低，甚至被羞辱和威胁，这就是他前来寻求帮助的原因。他捡起掉在地上的帽子，用手掸了掸。

他说：自己结了婚，既举行了民间仪式，也有教会见证，夫妻俩没有孩子，住在一个叫"神父之父"的村子里。他与妻子生活和睦，享受着平凡生活的乐趣，工作上也没什么糟心事。可是有一天，突然走了霉运，一个不怀好意的恶霸出现了，这个陌生的无耻之徒看上了他妻子，色眯眯地盯着她……"那家伙叫什么名字？"我的朋友打断了他的话；因为他对南部这些土匪的来历了如指掌。"一个叫埃尔库里诺的，姓索科。"小个子解释道。我的朋友转过来，对我小声说："十恶不赦的地痞无赖……"当然，这个埃尔库里诺·索科一点也不值得同情，相比之下，有佛得角血统的年轻人小若昂，虽然在边界两侧的地区声名狼藉，但当他认识了我的朋友——"一个令人肃然起敬的正人君子"——之后，就决定永远留在圣保罗州，避免发生冲突，惹祸上身。虽然泽·森特劳夫对此一无所知，但他依然点头称是。他继续讲自己的故事。

为了避免正面冲突，他选择了暂时忍耐；忍一时风平浪静。他尽可能地谦恭卑微。可是那个流氓恶棍非但丝毫没有收敛，反而越来越不知羞耻，胆大妄为。"他不守规矩。谁会跟一个脑袋有问题的人讲道理？我可不会……"如果他不想办法，就只能忍气吞声。他甚至无处指控他：在"神父之父"村，根本没有政府一说。他的妻子再也不能踏出家门半步，否则那个男人就会出现，用目光吞噬她，提出无耻的要求调戏她。"事情越来越糟糕，都是因为那个外来的野蛮人……"他弯着腰，身子倾斜得厉害，好像随时要从椅子上栽过去。我的朋友鼓励他说："挺起胸膛！"于是他把帽子放在膝盖上，坐直了身子。

一次次的惊吓和烦恼让他们无可奈何。他和

妻子决定搬家。"对贫穷的我们来说，这是个艰难痛苦的决定。我们会想念'神父之父'村；我们在那里很受尊敬。"但是，为了尊重上帝，遵守法律，他们只能如此。"我们搬到了一个叫'避风港'的村子……"他们在那里找了一间小屋、一块农田和一片菜园。可是没过多久，他说的那个男人又出现了，还是不怀好意，找他们麻烦。他也留在了那里。他野心勃勃，行事霸道，每个人都很怕他。泽·森特劳夫和妻子又一次狠下心来牺牲了新生活，带着遗憾，偷偷摸摸地从村子里逃了出来。

而这一切都是因为他——"禽兽！"我的朋友说，他细致地调整着挂在墙上的一把步枪。客厅里摆满了步枪、手枪和霰弹枪，谁也没见过这样的客厅。"这把枪射程很远……"他说完，笑了笑，有点狡黠。然后，他又坐了下来，对泽·森特劳夫愉快地微笑。

小个子的脸上却蒙上了一层阴影。

他要哭了吗？

他说："我们前脚来到这里，他后脚就跟上

了,搅得我们不得安宁。他就像章鱼一样,不让我们逃出手掌心。无论我们到哪儿,那家伙都要妨碍……我们只好小心翼翼,以免和他撞个正着。"他顿了一会儿。然后第一次提高了嗓门:"我问你,这样对吗?他是不是太过分了?他是逃犯吗?在通缉名单上?我知道,他是个骗子。这是城里,听说可以为自己的权利提起诉讼。我只是个穷人,我明白。但我希望他得到法律的制裁……"说完这些,他沉默了;用小狗般的眼神默默地哀求着。

我的朋友做了一件事。他身子转过一半,面对那支步枪。表情严肃,待了一会儿。就这样。一句话也没说。他的眼睛紧紧盯着枪,同时用余光往小个子的方向瞟着;他叫小个子也来看看步枪,好像是要给他上一课。但对方还是不明白他的意图。反倒是直截了当地问道:"我该怎么办呢?"

我的朋友一句话也没说,像只沉默的鸭子。他吹了吹手指。眼睛紧盯着墙上的枪,又反复瞥向那个小个子——仿佛在引导他也往墙上看。

终于奏效了。小个子睁大了眼睛——恍然大悟。他终于明白了谜题的关键所在。他懂了。说道:"噢,噢。"他笑了:前因后果清楚明了。于是,他站了起来;有了底气,可以行动了。

他解开了忧愁困扰,准备上路。他表达了谢意;又精神抖擞起来,守护神的力量与他同在。他正要离开。我的朋友问了一句:"您想喝点咖啡……还是甘蔗酒?"小个子谨慎地回答道:"也许,我晚点再喝……"没再说其他的话。我的朋友和他握了握手。就这样,泽·森特劳夫走了。

我的朋友,这么有义气的人,会让他落入魔爪吗?他琢磨着:"枪托还是枪管……"这个小个子这么脆弱,可怜虫一只,倒霉蛋一个——他打得过那个恶霸?我的朋友,混乱的平定者。现在正在检查他的武器,看看弹膛是否装满。然后他说:"让我们跟随我们的阿喀琉斯,他需要帮助……"的确如此。

我们追寻着他。

他已经走出去很远。

我们不得不加快脚步。

突然间，事情毫无征兆地发生了：对手来了，这是命运的安排，埃尔库里诺，这个目中无人的家伙。我的朋友鼻子像狗一样灵，他习惯性地打了一个喷嚏，这是他闻到火药味时的反应。

于是乎……一阵交火，天神降临般的速度：埃尔库里诺死了，他轰然倒地，倒在大街上，闭上了他那双似人非人的眼睛。没有什么比得上子弹的轨迹——生命，你是多么美丽，又是多么短暂！

可是，为什么拔出了三把枪，却只听到了两声枪响呢？原来，埃尔库里诺根本没来得及开枪，另一颗子弹就射中了他的心脏。这人真是迟钝啊。

森特劳夫痛骂道："死有余辜……"

我的朋友，不。他只说了一个拉长音的"噢——"，没有任何多余的情感。他说："一切不是早已被写下和预见了吗？今天，这个人的今天。希腊人早就说过……"他说："命运有着铁一般的手腕……"他说："他拒捕，证据确凿。"

就这样，他之前说的"不"，原来是一种形而上的否认。

他没有敲警钟，也没有鸣警笛，而是迅速命人将埃尔库里诺移送到为他挖好的坟墓里。

然后，他邀请我们共进午餐，当然，主要是邀请泽·森特劳夫。

我的朋友陷入了沉思。他说了一句话，一针见血："我们的家园无人居住。这是显而易见的……"

片段

一头奶牛正走在通往塔博卡斯的路上。它走在路中间，像个基督徒。这头红色的小奶牛，皮毛厚重而深沉——浓浓的红色。她轻轻抬起后腿，摇摇摆摆地小跑着，蹄子拍打着地面上的尘土。遇上十字路口，她也毫不犹豫。摇晃着弯曲成冠状的犄角，低下头，沿着这条路直奔河边——过了河，在天际线那头，就能到达基泰里奥少校的土地，宝多利奥农场。

在阿尔坎茹公路旁边的居民区，有人发现了她，以为她是逃跑的家畜，想把她赶回原路；她猛烈抵抗，最终逃走了。从牧场边缘飞过的圭拉鹃遇见了她，落在她背上休息。她在贡萨尔维斯的小溪边停下来喝水，溪水几乎要干涸了。田野里响起了猎杀鹌鹑的枪声。从另一个方向传来的狗吠让她躲进了灌木丛。现在,几位拾柴火的妇女正从她身边跑过。她知道如果遇到骑马的人,应该如何保持距离,紧贴着围栏伪装:只要有必要,她就会低下头,精明地假装吃草。不过,再往前走一里格的路,就到了安东尼奥家的土地,一过畜栏,她就会撒丫子飞奔,她能听到那边有人的声音,那里也不是她的终点。泰伦西奥叔叔站在家门口,对另一个男人说:"儿子,那是啥牛?""爸,那不是咱家的牛。"她继续自己的旅程;是因为热爱,而不是偶然。

清晨,在乌鸦的第一声鸣叫和公鸡的第三声啼鸣中,小母牛从佩德拉农场跑了出来,太阳从她面前升起,天空几乎和她的颜色一样。她曾经属于牛群,由牧人运送的牛群,精神抖擞。她来自宝多利奥农场——那是她生长的地方。思乡之情将她占据,也困扰着身在异乡的腹地公牛,特别是每年十月,雷雨季节到来的时候。她追寻着路的尽头——迎着初升的太阳——往东走。

听到这个消息时,佩德拉的农场主里杰里奥先生说:"烦人精。"这男人很高大,尤其是对这头小牛来说。知情者告诉他,她戴着一个大农场主家的身份牌,在遥远的另一边。他的牛仔训练有素,积极肯干。这位里杰里奥有好几个孩子,都在身边。但他们也帮不上什么忙。只要看看以前发生的事情就知道了。

只有其中一个孩子,一位少年,突然自告奋勇,说要去找母牛,接管她。他把缰绳系在套索上,问道:"是一头樱桃红色的小母牛吗?"他骑上马。不知道是什么原因,也不知道自己能否胜任。他上了大路,轻快地骑马走着。漫无目的地走着。往西边走走,朝东边看看。

说回那头母牛。对她来说,取得的进步似乎还不够。她快步走上山坡,甚至没有停下来吃山沟里的龙爪茅:她边走边扯下一撮,处在一种沉闷的焦灼之中。上坡时,她一边点头,一边艰难前行。下坡时,她则是叉开腿,确定路线。一到平地,它就开始小跑。这时,她瞥见了野外的其他奶牛。她看了看她们,伸长脖子,哞哞地叫了起来——她的叫声传遍了这片悲伤的土地。那是个大晴天,蓝天白云,尘土飞扬,林木葱茏。阳光充足。

这一边，少年还在辨别方向。他看见了地平线，这正是他需要的。他了解离家出走的母牛：她自己会找到方向的，她会开辟道路——因为她盼望回家。与此同时，他四处打问。别人告诉他路线。他那匹棕色的马打起精神，换了一种更快的步法。这匹马知道时间是什么，是一场不由自主的冒险。它如脱弦之箭，任马蹄疾驰。它跑啊跑啊，跑了很远，很远，很远。无雨的天气，尘土飞扬的平原，脏兮兮的菜畦，没有特色的田野。年轻人已经累了。他休息了很久。然后，又急着弥补失去的时间。他加快了脚步。

小母牛早几个小时出发，抢占了先机。前面一道高高的围栏挡住了她的去路，她沿着围栏的边缘前行，前行。直到遇到一条小溪。小母牛潜入溪中，涉水而过，聪明地越过三道障碍。直到另一道围栏挡住她的去路，让她陷入困境。她退回来——又冲出去，奋力一跃：跳跃的动作几乎成了飞翔。她成功了。红色的小牛瞬间没了踪影，它的舞步轻盈，尾巴在摇摆。敌人正在靠近。

少年在空荡的世界中感受到一种召唤，仿佛有人在命令他。他现在很恼火。他想过放弃这条路，把这件事放到以后再做。他想起一个词。觉得自己真是个蠢蛋。他灰心丧气，真倒霉，本可以回头的。这头母牛要带他去哪儿？尚未开始，困难重重，迷失方向，却是必需的事。要是不带她回去，会被人笑话的。他为什么要来呢？四周环绕着愁云惨雾。只有山坡上的落叶乔木还开着花：七月的蓝花楹是深紫色的，八月的黄钟花是黄色的。他看到的只是一幅画的远景。荒诞的空气。平面的地图。令人沉沦的天空。他审视着地面，寻找着蛛丝马迹。现在，一片云的巨大阴影落在田野上。年轻人的目光投向远方。突然，他用手拍了拍额头，发出一声惊呼。就在这时，拨云见日：是她。那头气喘吁吁的小母牛。此时此地，他看见了她。身形看上去和一个孩子差不多大，正爬上山脊。好吧，就看看这烦人精要做什么。她站在山脊弧线上的一瞬间，体形似乎缩小了。然后，她从另一侧跃了下去，消失在他的视野中。她超越了自己的命运。

在这段时间里，年轻人鞭策他的良马追赶母牛。他始终保持着敏锐的警惕。他的眼睛本应该跟随母牛的足迹，却在追逐风景。在眼前铺开的是一片广阔：大片的灰色和黄色。天空也是黄色的。在太阳的转动下，广袤的田野因为烧荒而大片地冒着烟；升得很高很高的蓝烟正逐渐消散。生活展现在眼前——年轻人心想："该来的总会来的。"

然后，他也爬上了山坡，在那里可以看得更远：远处的山口前，山谷中间——有一条河，从苍翠的棕榈树间流淌下来。一条平坦而清亮的河流，以肉眼不可见的速度流动。仿佛将世界一分为二，延伸成一条路——无声无息。河岸附近的阴影就像是黑洞。

经过一番周折，小母牛终于抵达了河边，来到了最后的芦苇丛。她以惊人的速度结束了自己的流浪。一个小小的身影在移动——两只牛角在水中若隐若现，小红牛越过这条河，傍晚时分；九月的傍晚。天空向黑夜敞开，呼唤着烟雾。

在另一边，金光勾勒出暮色的轮廓。年轻人和他的良马绕道而来。在到达河边之前，他们没有注意到：鸟儿筑好了巢。傍晚，他在河边徘徊，不想做任何冒险的事；他沉思着。犹豫不决，来回踱步。他没有听到晚祷的钟声。他必须以进为退吗？既然一半是肯定，一半是否定，他想：绝不会多，绝不会少……——里杰里奥先生的儿子。他可以结束这场致命的追捕，就此退出。他犹豫了，过不过河。他当然不会过去，若不是因为他自己都未察觉的——那隐秘而突如其来的思念。这是关键的一步！他开始脱靴子。然后，下了河——鼓起勇气。那混浊的河水——胸膛那么高。那是一条河，也是他的远方。现在，他已经到达了对岸。

"牛呢？"他握紧了缰绳——用尖利的马刺和松弛的缰绳缩短他们之间的距离。但母牛很狡猾，利用他的失误制造了骗局。夜色笼罩下来。他的长鬃马疲惫极了——用尽每一根汗毛在奔跑：膝盖发软，快要摔倒，就差把他甩到前面去了。

他们在夜晚的盲目中前行——去黑夜母亲的家：牛，人，牛——他们是疾驰的过客。"所以宝多利奥农场在哪儿？主人是谁？到底要到哪儿去？"远远地，一片田野沿着山坡燃烧，一直烧到山顶：花火是最早的星星。仍在前行。少年：执迷不悟。他尽力忍受着，没有什么比这更绝望的了。树木摇曳着黑影。世界在星星与蟋蟀之间。点点光亮：只有星星。在何方，去向何方？这头母牛，她知道：一切都是因为对家园的热爱。

她到了，他们到了。广阔庄园的草场。母牛在夜色中出现。她叫了一声，哞，令人动容。随后又叫了一声。朝着那边，那边的一束微光。朝着那栋大房子窗户上的点点亮光。只是为了一盏灯吗？那是基泰里奥少校的家。

年轻人和母牛走进了牛栏的大门。年轻人下了马，迷迷糊糊地开始爬楼梯。他有好多话要解释。

他费了多少事才到这儿！

见到这一屋子人。见到家里的四位少女。见

到其中一位,排行老二。她高挑白皙,和蔼可亲。她害羞地避开他。她们感到意外吗?少年明白了。这改变了之前的事情。至于那头母牛,他会对少女说:"这是你的。"他们两个人的心灵发生变化了吗?这一切都是生活的旨意。世上没有什么蠢事:故事在这些时刻迎来了美妙的蜜糖,魔法的戒指。他们相爱了。

而那头母牛——迈着自己的脚步,按照自己的方向,取得了最终的胜利。

镜子

如果你想听我说,我就告诉你;这不是一次冒险,而是我在一系列推理和直觉交替驱使下的经历。它花费了我的时间、意志和努力。我为此感到骄傲,但不自负。不过,我惊讶地发现自己与其他人有些不同,我能够洞察别人所不知道的知识。比方说,你读书,上过学,但我猜,你大概不知道——镜子到底是什么?除了你熟悉的物理学概念和光学定律以外。我是指超验的东西。事实上,一切事物都是神秘的冰山一角。甚至事实,或缺乏事实,都包括在内。你怀疑吗?并非无事发生,而是有的奇迹我们没有看见。

让我们具体分析一下。有很多面镜子,捕捉着你的五官;它们都映照出你的面容,你相信你有自己的、几乎不变的外表,镜子给了你一个忠实的形象。但是——是什么样的镜子呢？有的"好"，有的"坏"，有的夸赞，有的贬损；当然，也有纯粹诚实的镜子。那么，又如何界定诚实的水平和可信的程度？你、我、身边的其他人，看起来是什么样的？也许你会说：有照片为证。我的回答是：照相机镜头不仅和镜子是一样的反例，而且作为相机产物的照片，支撑着而非否定着我的论点，因为它们揭示了神秘迹象在光学数据上的叠加。即使是一张接一张地拍摄，每张照片也总是与其他照片大相径庭。如果你从未意识到这一点，那是因为我们不可救药地分散了对最重要事物的注意力。那么，以脸为模子做的面具呢？只能让人看出笨拙的形状，看不见迸发的表情和相貌的动态。别忘了，我们谈论的是微妙的现象。

还有一个论点是：任何人都可以同时看见另一个人的脸和那个人在镜子里的像。我不诉诸诡辩，而要驳斥它。这个实验从一开始就没有严格地进行过，由于不可避免地会产生心理形变，因此缺乏科学价值。不过，如果你做了这样的尝试,或许会获得一些非凡的惊喜。此外,在瞬时价值的流动中,同时性变得不可能。啊,时间是一切背叛背后狡猾的巫师……而我们每个人的眼睛,生来就有缺陷,这些缺陷伴随着我们成长,并且越来越成为我们的一部分。起初,婴儿看到的物体是颠倒的,因此他们会笨拙地摸索;只是到了后来,他们才逐渐纠正了对外界物体位置的不稳定看法。然而,其他缺陷依然存在,甚至更严重。现在,眼睛是欺骗之门;怀疑你的双眼吧,别怀疑我的。啊,我的朋友,人类努力在这个动荡的世界施行一点常规和逻辑,而有些事或有些人则要敲开缝隙来嘲弄我们……那又如何?

请注意,我的反对意见仅限于日常使用的平面镜。那么凹面镜、凸面镜、抛物面镜——以及尚未被发明的其他镜子呢?比如四面的或者四维的?在我看来,这种假设绝非荒谬。数学家经过思维训练后,已经能够用各种颜色的小方块,就像孩子们玩的那种,来构造四维物体。你怀疑吗?

看来,你最初对我理智健全的不信任已经开

始消失了。但还是让我们脚踏实地一些。我们嘲笑游乐场里那些哈哈镜，它们把我们变成或拉长或膨胀的怪物。但是，我们之所以只使用平面镜——毕竟，茶壶的曲线尚且可以当作凸面镜，擦亮的勺子可被视为合格的凹面镜——是因为人类最初是在平静的水面上观察自己的：湖泊、沼泽和喷泉，通过模仿它们来学习制作金属或水晶器皿。尽管如此，特伊西亚斯还是警告过美丽的纳西索斯，只要他永远看不到自己的脸，他就会活下去……是的，镜子有理由令人生畏。

出于本能的怀疑，我从小就害怕镜子。动物也拒绝照镜子，只有少数例外。我和你一样，也来自内陆地区；我们那里的人说，千万不要在夜深人静的时候，独自照镜子。因为有时候，我们看到的不是自己的影像，而是其他可怕的东西。但我是一个乐观、理性、脚踏实地的人。无法解释的奇幻之事会让我满足？——绝不可能。所谓的恐怖景象是什么？怪物又是谁？

我的恐惧也许是原始印象的复苏？镜子激发了原始人的迷信恐惧，他们认为一个人的镜像就是他的灵魂。要知道，迷信通常是科学探究的一个重要起点。镜子的灵魂——记下来——多么绝妙的比喻。事实上，还有人将灵魂与身体的影子相提并论；也逃不开极端对立：光明与黑暗。以前不是有这样的习俗吗？当家中有人去世，要把镜子遮起来，或者把镜子面对墙壁。如果说，除了利用镜子来使用魔法进行模仿或共情之外，预言家们使用镜子就像使用水晶球一样，在其中窥视未来的端倪，这难道不是因为通过镜子，时间似乎改变了方向和速度吗？不过，我会慢慢来。告诉你……

事情发生在公共建筑的厕所里。那时的我年轻、自满、虚荣。不经意间，我看见……我来解释一下：有两面镜子——一面在墙上，另一面在侧门上，打开的角度正合适——真是讽刺。刹那间，我看到一个身影，一个人的轮廓，令人极度不悦，面目狰狞，惹人厌恶。他让我恶心，让我憎恨，让我恐惧，让我害怕，让我毛骨悚然。我很快发现……那个人就是我自己！你觉得这样的天启我会忘记吗？

从那天起，我开始在光滑深邃的镜面上，在它的冷光之中，寻找自己——我背后的我。据我所知，从来没有人尝试过这样做。无论谁照镜子，都带着一种亲切的偏爱，一种或多或少虚假的预设——没有人真的认为自己很丑：最多在某些时刻，我们会因为自己暂时达不到预设的理想形象而感到不满。我说清楚了吗？因此，我们所追求的是验证、调整、制作已经存在的主观模型；也就是说，借助连续不断的新幻觉层来放大虚幻。而我，是一个公正的探究者，绝对中立。我是在一种无私的、非个人的好奇心的驱使下，甚至是一种科学冲动的驱使下，去追寻我的真实形态的。我花了几个月的时间。

当然，很有启发性。我使用了各种巧妙的招数：快速扫视、突然一瞥、长时间目光尖锐地斜视、目光反击、眼皮的假动作、瞬间开灯突袭、不断变换各种角度。最重要的是，无穷无尽的耐心。我在某些指定的时刻审视自己——愤怒、恐惧、受打击或被激发的自豪感、极度喜悦或悲伤。谜团在我面前揭开了。举例来说，如果心怀仇恨时，你能客观地面对自己的形象，仇恨就会成倍地倒流和加剧：你会意识到，事实上，你唯一憎恨的就是你自己。眼睛盯着眼睛。我了解到：我们的眼睛没有尽头。只有它们保持静止，亘古不变，处于秘密的中心。至少，当它们不在面具后面嘲笑我的时候。因为剩下的，那张脸永远在变化。你和其他人一样，没有发现自己的脸只是一种永恒的、欺骗性的运动。你看不见，是因为不够警觉，习惯使然；我应该说：你还在沉睡，尚未形成最必要的新认知。你看不见，就像平时看不见地球的自转和公转运动一样，而你我的双脚都踏在地球上。你想怪我就怪吧；不过，我知道你能理解我。

既然如此，我就需要穿透这层面纱，冲破这层虚伪的面具，窥见这团星云的核心——我真实的形态。一定有办法的。我冥思苦想。然后获得了正向的灵感。

我得出的结论是，既然外在容貌的伪装是由各种成分相互渗透而成，那么我的问题就是将这些成分置于"视觉"封锁或知觉废止之下，逐一抹去每个成分，从最原始、最粗糙或最无意义的开始。我是从动物元素开始的。

我们每个人都像某种动物，回溯它的面貌，这是事实。我只不过注意到了这一点；我可不想喋喋不休地谈论灵魂转生或生物遗传理论。我是从一位拉瓦特科学大师那里了解到这件事的。你怎么看？比如说羊头和马脸，你只需扫一眼人群，或者观察一下熟人，就会发现有很多这样的人。而我的较低进化等级，是美洲豹。我确信这一点。那么，在一丝不苟地区分出这些动物元素之后，我必须学会不去看镜中那些与大型猫科动物相似的特征。我全身心地投入其中。

请原谅我没有详细描述我所使用的方法，即交替使用最细致的分析和严格的抽象思维。即使是准备阶段，也足以让不愿付出艰苦努力的人望而却步。瑜伽，你一定不陌生，像所有的文化人一样，也许你已经练习过瑜伽的基本动作，甚至是更高阶的技巧。我知道有一些哲学家和无神论思想家也在进行耶稣会的"精神练习"，以加深他们的专注力和创造性想象力……最后，我不否认,我采用了一些经验主义的方法:光亮渐变、彩色灯光、夜光膏粉。只有一种方法我拒绝了,那就是在镜子的锡汞合金上再涂一层别的物质,这种方法就算不是骗术,也太过庸俗。而我必须熟练掌握的主要是聚焦的方式,是视线的漫不经心:视而不见。看不见"我"脸上野兽的痕迹。我能成功吗?

你要明白,我追求的是一种精神上的现实体验,而不是一种想象中的假设。我可以告诉你,在这项工作中,我取得了真正的进展。渐渐地,我在镜子的视野里显现出的缺陷在减少,那些赘生的部分,几乎被完全抹去。我坚持下来了。然而,就在那时,我决定同时处理其他既偶然又虚幻的成分。那么,遗传因素——我们与父母和祖父母的相似之处——也是我们脸上残留的进化根基。啊,我的朋友,就连蛋里的小鸡也不是完美无瑕的。然后,我还得减去激情传染的结果,无论是显性的还是潜在的,抑或是短暂的心理压力所带来的混乱。还有那些在我们脸上显现出来的,来自他人的想法和建议;以及没有前因和后果、没有联系或基础的昙花一现的兴趣。要向你解释清楚这一切，得花好几天时间。我希望你能从字面上理解我的陈述。

随着我愈发娴熟地排除、提炼和抽象化，我的视角图示沿蜿蜒曲折的纹理劈裂，像花椰菜或牛肚，呈马赛克状，坦率如海绵一般空洞。然后暗淡无光。这时，尽管我非常注意自己的健康，但还是开始头痛。我就这样退缩了吗？先生，请原谅我的窘迫，我不得不改变语调，做出如此人性化的告白，引入这个莫名其妙、不值一提的弱点。但是，请想想泰伦提乌斯。是的，那些先哲；我突然想到，他们把"审慎"这一美德拟人化为一个被蛇缠绕、手持镜子的正义女神。我立刻放弃了我的调查。在几个月里，我甚至连镜子也不照了。

但是，在日常生活的平凡奔波中，我们就会安静下来，忘记很多事情。时间，从长远来看，总是平静的。或许，是隐秘的好奇心击中了我。有一天……请原谅我，我并不是为了追求小说家的效果，刻意把情节安排得蜿蜒曲折的。我只是想告诉你，我照了照镜子，却没看见自己。我什么也没看见。只有镜面，光滑，空旷，开阔得像阳光，像极其清澈的水，在光的照耀下，遮住了一切。难道我没有轮廓，没有脸？我摸索着自己，良久。但我是不可见的，虚构的，没有实体依据的。我是——透明的沉思者……我退缩了。我惊呆了，差点跌坐在扶手椅上。

因此，在这几个月的休息时间里，我之前所寻求的能力在我身上发挥着作用！会永远这样吗？我想再次面对自己。什么都没有。真正让我惊讶的是：我看不见自己的眼睛。在闪闪发光、光洁如镜的虚无中，甚至连眼睛也无法把我映照！

在逐渐简化自己形象的过程中，我终于把自己剥得面目全非。并且得出了可怕的结论：我没有核心的、个人的、自主的存在吗？难道我……没有灵魂？而我所认为的自我，不过是在动物的顽固性之上，一些遗传特征、散漫的本能、陌生的激情能量、各种影响的交织，以及在无常中无法定义的其他一切？镜子里明亮的光线和空洞的面孔告诉我的正是这一点——完全不忠实。每个人都是如此吗？我们不过是孩子——生命力不过是痉挛的冲动，在希望和记忆的海市蜃楼间闪现。

但你一定认为，我的思维偏离了轨道，混淆了物理、超物理和跨物理，丝毫没有推理依据和逻辑梳理——我现在才意识到。你一定在想，我所说的什么都不正确，什么都不能证明。即使每一个字都是真的，那也不过是一种庸俗的、自我暗示的痴迷，妄想心理或灵魂能反映在一面镜子里……

我承认你是对的。但我讲故事的能力很差，我把推论放在了事实之前，换句话说：让车拉牛，本末倒置。请原谅我。让我用故事的结尾来说明这段迄今为止笨拙而草率的叙述。

这些事件非常私密，性质古怪。我是在保密情况下才讲出来的。我感到羞愧。因此对它们做了删减。

直到多年以后，我经历了一段巨大的痛苦，然后再次面对自己——但不是面对面。镜子让我看到了自己。听我说。有一段时间，我什么也看不见。然后，再之后：出现了一丛朦胧的光亮，一点一点地闪烁着微弱的光芒。是那微微涟漪激起了我的情感，还是它就是我情感的一部分？从我身上发出的、在那里存续、被映射出来、令人惊讶的微光，到底是什么？如果你愿意，可以自行探究。

不应观察这些东西；至少，不必如此在意。而镜中别的东西，我也是很久以后——最后——才发现的。眼下，请原谅这个细节，我曾经爱过——也就是说，我已经学会了顺从，学会了快乐。并且……是的，我又看到了我自己，我的脸，一张脸；不是你认为的这一张，而是一张尚未成形的脸——只是勉强勾勒出轮廓——刚刚浮现，像一朵浮游之花，诞生自深海……那不过是一张小男孩的脸，甚至比孩子的脸还小。仅此，而已。你永远不会明白吗？

我是该告诉你，还是不该告诉你，我所感知的、所掩盖的、所推断的？是这样吗？我在搜索显而易见的东西吗？我扩大搜索范围。我们这个颠簸的平面世界——平面的交汇——就是灵魂得以完善的地方吗?

如果是这样,那么"人生"就是极端而严肃的体验;它的技艺——或者至少部分技艺——要求有意识地去除、剥离一切阻碍灵魂成长,将其填塞或埋没的东西?然后是,"致命一跃"……——我之所以这样说,并不是因为意大利杂技演员使这个表达复活,而是因为他们需要一种新的触感和音色,来更新普通而枯燥的表达……这个问题和判断引发一个简单的问题:"你存在过吗?"

是吗?但是,这样一来,我们生活在没有理由、愉快的偶然、荒谬的山谷里的想法就被彻底摧毁了,不是吗?我说了这么多。如果可以,我恭候您就这些问题发表意见。对于我这个刚结识的朋友,但同样爱好科学、对科学尚存有诸多误解、感到踌躇的同伴,请您不吝赐教。好吗?

一无所有与我们的处境

在我的故乡,在我的家族里,从来没有人真正了解这个男人,他远比看起来更加优秀,他的风采就像某个童话故事中的老国王,或者最年轻的王子。他是个农场主,我们都叫他曼·安东尼奥叔叔。

他的农场坐落在山上,离任何一位邻居都有十里格之遥。农场矗立于高处,在这片辽阔的区域里,空气清澈透明:清晨一个一个准时到来,黄昏时分,西边天空染上粉紫色,丝毫看不出天气的变化无常。曼·安东尼奥叔叔拥有的这个农场,与其说是继承,不如说是买下来的;他独来独往,谈吐克制,难以捉摸,几乎从不提及农场的名字,偶尔提及也是称之为"家":"……在家里……我要回家了……"

他家——共两层楼,地基深厚,屋顶高耸,纵深很长,有那么多闲置的走廊和房间,散发着水果、鲜花、皮革、木材、新鲜玉米粉和牛粪的气味——坐南朝北,周围有柠檬果园和畜栏装饰着;正面是一个木制楼梯,分为两段,共四十级台阶,通向宽敞的露台,露台一角的椽子上还挂着昔日用来召集奴隶的铃绳。

曼·安东尼奥叔叔的妻子,莉杜伊娜婶婶,总是在那儿等他回家,她的勤劳与坚贞不渝,始终如一。女儿们围在他身边,她们单纯、认真、殷勤,对他的爱溢于言表。在他走进庄园的第一道栅栏门之前,会遇到沿途居住的各类佣工,这些原住民说着"上帝与你同在"问候他。但是,每次走进高大的前门,他都会弯下腰来,仿佛那扇门矮小又陌生,而他是受邀来到这个避风港的。他像是在靠意志力生活。因此,没有人真正了解他。

只可远观。他常常踏上旅途,沿着山脊,在险峻的山路上驰骋,行进在悬崖和裂隙边缘——深不见底的山谷。如果天气晴朗,空气能见度高，即使在距离尚远的时候，也能从阳台上看到他，沿着弯弯曲曲的路面，时而靠近，时而走远，看不出规律。曼·安东尼奥叔叔固执地骑着他那头强壮而温驯的驴子，缓缓地前进，他穿得很粗糙，只是普通的土黄色麻布衣服，他总是像仆人一样穿着粗衣；没有胫甲，没穿靴子，可能连马刺都没用。仔细一看，往往就能发现他那些总是心不在焉的小动作：有时，慢慢地把什么东西推开；有时，用手指抚摩额头，思考着他没有思考的事情，什么都有可能，甚至可能在打盹儿。他已经不愿意再看风景了吗？

他愿意，如果说的是那些山顶——山峦从那里张开翅膀——和那些深不可测的地狱深谷。他已经凝视了太久，仿佛要将自己最好的东西，以某种方式献祭给它们：希望、救赎、牺牲、努力——全部。是否有一天，他会因此得到回报，遇到山丘之王或山谷之王——因为一切事物都存在，我们都有可能与之相遇？谁也不知道他在暗自思忖什么，可能只是在自言自语那些无用、新奇且必要的秘密；他常常对自己也缄口不言。事情就是这样;我们都生活在未来的往昔。他似乎从不会感到干渴、孤独、炎热或寒冷,也从未抱怨过日常的不便。只是弓着腰,轻轻地打着瞌睡,嘴巴紧闭,呼吸略显急促。现在,他的视力已经减退。没错,那时候不是;那时候尚且中用。他怀着一份不自知的爱,远远地凝望深谷和山峰。也许,他自知眼前的一切都吸引着自己?在陡峭的山坡上走了几个小时之后,他终于到家了。

后来,他的妻子,莉杜伊娜婶婶突然离世,一切毫无预兆,甚至来不及哀叹一声,或者祈祷一句"圣母玛利亚"。曼·安东尼奥叔叔毫不犹豫地命人打开这座大宅的所有门窗。失去母亲的女儿们相拥在一起,为已故的亲人整理遗容,他则不合时宜地从屋子的一端到另一端,一间接一间地巡视起房间的每个角落。

他从一扇扇窗向外望去;目光急切。风景在他的视线中掠过,只是接连的片段,就像过去和更久以前看到的那样。他在房子里转了一圈,隐约看见山谷和山峰在哪里,地平线就在哪里——

一切融于一切之中。当他再次环顾四周时,他瞥见了背后的风景:山谷的阴影和奇异的山峰,像长了翅膀一样逐渐消失。他现在这么需要帮助,它们会出手相助吗?既然他不再需要过去和未来,他决定留在原地,坚如磐石,不顾一切矛盾和阻力。他可能在内心深处喃喃自语,说着那些严肃而沉重的、无声无息的,让人无法理解的事情。

然后,他回到了女儿身边,回到了他的莉杜伊娜身边——她静静地躺在那里——永远安详,如他们所愿:在一片花海里。他的女儿们,心中对这一切满是不解和模糊的猜测,但还是把希望寄托在他身上,要想想办法,他们正共同分担这痛苦。然而,他却躲在自己身后袖手旁观,在这模棱两可的地点和时刻,仿佛生命是可以隐藏的;单从身体特征,她们无法认出那是他。因为他恢复了他的温柔;与众不同,端庄正派,仪表堂堂,有一双淡蓝色的眼睛。而他灰褐色的脸,瘦削,不会骗人。

看着他现在的样子,人们就会明白,他的

女儿们如何能从那双悠远的眼睛里，通过遥远的、无法形容的反射或征兆，瞬间获得某种不知名的治愈之恩。只有小女儿菲利希亚哭着对父亲说："爸爸，难道人生就只有险恶的沉浮吗？难道我们，就不能拥有一段真正安全和幸福的时光吗？"他用温柔的声音缓慢而谨慎地回答道："假装有吧，我的女儿……假装……"她们心照不宣，于是不再多问。曼·安东尼奥叔叔在说这些话时低下了头，从那时起，这些话将永远属于他。他轻轻地吻了一下妻子。然后，他和女儿们都哭了；但泪水中带着自由的力量，那是最强烈、最无畏的希望。

莉杜伊娜婶婶多年来始终微笑着面对苦难——存在、受苦和生活，以人类最普通的方式——现在她却从大家习惯的生活中消失了。莉杜伊娜婶婶成了一首微弱的歌，一段影像。

但曼·安东尼奥叔叔拒绝哀悼，他理智得似乎毫不费力，没有流露出悲伤，不像一个丧偶之人。他确实比以前更苍老了，也更佝偻了。对他来说，这段时间也只能暂时这样描述。交谈时，他什么也不说，有时我们甚至以为他不在场，仿佛他的存在已无声，无形。然而，曼·安东尼奥叔叔有自己的想法。"假装是吧！"——他适时地命令道，语气很温和。他有一个值得信赖、切实可行的计划。这个计划已经开始了。

他的赤脚农夫们就像热心的支持者一样，按照他的吩咐，在阳光下挥舞着闪亮的镰刀、锄头和砍刀，他们虽是外行，但干活利索又快乐。他依然非常认真地指导他们，借助自己作为工程师、制造者和多面手所熟知的方法；他和他们合作，给他们鼓劲儿。"假装，伙计们……假装……"——他轻声说着，嘴角挂着一丝微笑，但不改严肃和坚定，他的确很严格。他起早贪黑，日复一日，激励他们，推动他们，勤勤恳恳，他们砍伐树木，开垦荒地，忙得不亦乐乎，这等于在改造地貌——艰巨的工作。这些辛勤劳作的人，无论蠢笨还是懒惰，都不会把其中的关系当作主仆，而是把他当成自己人一样爱戴和尊敬。他们奋力开垦周围的土地，森林从山顶到山谷都已经用公式和数学曲线勘测过了。

那些爱嚼舌根的人认为,这种难以理解、看不出必要性和用处的事情,就是愚蠢、无关紧要、无用的敷衍。但是,曼·安东尼奥叔叔不以为意,如果是这样,那就这样吧,他只是压低了草帽的帽檐,在太阳下半闭着眼睛,流着汗,时不时咳嗽几下。他是那种知道什么时候点头同意或摇头拒绝的人。他的内心过于隐秘,难以捉摸,所有人都不知道这项工作的最终目标是什么。但依然可以看出他的清醒和渴望。他不也是人,和所有人一样,拥有脆弱的肉体吗?一定有其他原因让他在这项工作上从不疲倦,无论时间多晚也不例外。他不眠不休地劳作或忍耐,脑海也一直没有被一切和空虚填满。

他终于露出了笑容,仿佛恢复了天真;也忘记了往日的一切美好。他不曾透露的计划终于在这一天得以完成。女儿们看到一切完成,竟然不由得悲伤起来。

他究竟是为什么——出于什么忘恩负义的奇思怪想——要破坏这个地方自古以来就有的景观,改变母亲所见所爱的那些山坡的样貌?在对周边的大砍伐之中,确实什么都没有留下——甚至连一丛灌木、一棵荆棘和一条藤蔓都没有放过——无处可逃。他最疼爱的女儿弗朗西斯金亚伤心地质问他,这是为什么。这样做难道不会令人心寒,对于追念难道不是一种罪过?

他默默地听她说完,平静地望着她,他回答的声音很缥缈,仿佛一个在别处的陌生人:"不是这样的,女儿……不是的……"他这样说着,好像又看了一眼他的作品,微笑着,没有再说别的话。他指给她们看:田野向远方铺开——干净、自由、连绵,视野宽广,没有阴影,景色辽阔——清新脱俗的绿色原野,春草萌动,绿到极致。

啊!——原来,他是为这个——真是如梦如幻。因为,到处都是开花的树,能给吃草的牛群遮阳,远远望去是那样神圣,猴钵树华丽得令人赞叹,还有索罗卡巴树和周围的腹地桑巴伊巴树,只在二三月和六七月开花、没有叶子的粉红色美人树和同样惊艳的紫粉色美人树。还有,还有。不过,那里没有什么花是莉杜伊娜婶婶生前不钟爱的——她的快乐源泉!

女儿们惊讶地睁大眼睛。她们几乎说不出话,只是流下了泪水。现在显而易见,曼·安东尼奥叔叔正在成为并且已经成为一个真正的男人。最重要的是,他在不幸中感受幸福。

事实上,在他如此随意关注的事情上,他无意中扮演了预言家的角色。因为就在那时,牛的价格突然大幅上涨,所有的农场主都开始购买更多的牛,并改善和扩大牧场。于是,曼·安东尼奥叔叔巧妙地走对了一步棋,不费吹灰之力就走在了所有人的前面。为什么他这个谦逊的人不应如此呢?他也开始对那些几乎覆盖了整座山的天然牧草坡地投去精明的目光:这些草地高高地耸立着,并非人力所能创造。

没有理由不相信他与别人动机不同;但他以自己的独特方式行事:光明磊落。难道他是出于诚实的精明,看到了自己想要的东西,并据此行事?第二年,到了那一天,大家悼念莉杜伊娜婶婶,他却提议举行一个庆祝活动,仿佛她还活着而且在场,只是向命运撒了个谎。

女儿们同意了，事情就这么办。她们现在已经长大，完成了学业。一些年轻的表亲来了，他们的心思轻盈地转动着……曼·安东尼奥叔叔见到他们时非常高兴，看到了他们的处境。不久之后，他的三个漂亮女儿——每一个都无与伦比——订婚，结婚。没过多久，她们就跟随丈夫一起走了，各自去了不同的远方。而他还是留在牧场，一如既往地住在他那所空荡荡的老房子里——那栋房子，大大方方地立于蓝天、尖峰和无边的悬崖之下，绝壁、洞穴和深谷之上。

在他渴望体验一些温柔的爱意时，是否会想念他的三个女儿？他曾看着她们在爱里重生，发现幸福和灵魂——正如我们所知道的，只会在存在、生活和成长中发生——如今，他的女儿们像莉杜伊娜姊姊一样成了一首微弱的歌。

他孤独，却并不悲伤。曼·安东尼奥叔叔尊重一切沉默无言却不断变化的事物；即使是在他最常见的动作——像是要从手中放下所有东西、任何物件的时候。他漫不经心地做着这些动作，似乎通过抚摩、关怀的方式，使这些平凡的事物得到了救赎。然而，很多时刻，当他满怀幸福感的时候，他就会站起来，不假思索地从事一些粗重、艰苦的劳动——日晒，雨淋，忙里忙外。是否在他看来，世界中的世界在命令他，恳求他，需要他的一部分来延续生命？还是说——他在未来，在山翼之间，寻找自我。他假装着；他把信任寄托于平静，寄托于风。

尽管过了这么长时间，他看起来依然没有衰老，依旧不知疲倦地活着，有一种不折不挠的柔和；他的头发也还没有变白，虽然之后会变得像果荚树开花一样白。

他的日子如此富足，甚至可以尽情挥霍，田地里牛群遍布。但对曼·安东尼奥叔叔来说，这一切都是无价的，这一切不过都是人性的弱点。他懂得如何在事件中捕捉隐秘和明显的联系，并由此劝阻自己远离一切——那众多的事物和痛苦。他——凡人过客。他真的从不回想过去吗？是的，他想过，但他的视野注定是有限的，他在周围的世界和自己的内心发现了更多的希望。

在很大程度上，或许会有更公正的情况；

这是必须的。就像干净的粮仓是为了迎接丰收一样：一半需要整体，空虚召唤充盈。这就是曼·安东尼奥叔叔某天得出的结论，如果有信念，就会实现。确实，事情就是这样发生的。这是一段非常波折的故事。于是，就是这样。

曼·安东尼奥叔叔一点一点地、分批地将他的土地分给了赤脚仆人，其中有黑人、白人、混血儿、土著人、农工、牧牛人、贴身随从——从未背叛过他的人。所有这一切都悄无声息地进行着，就像一桩无声的交易，以免走漏风声，如此惊人的废奴行为一旦传开，难免会激起其他人的贪欲。

他用自己赚来的钱支付他假装卖掉的土地，准时把钱寄给他的女儿和女婿，附上口信，让他们相信这是真的。好在女儿和女婿也不想和托尔托·阿尔托农场有太多瓜葛，只希望它能够尽快被分包出售，无论是一次性还是分批次出售。但对他来说，那仍然是他心中的圣地——寒冷而清澈。

曼·安东尼奥叔叔没想过应该如何看待自己

的所作所为。是正直的怜悯让他把土地赠送出去，还是疯狂，甚至是比疯狂更疯狂的东西？伟大的循环是自我回归。从现在开始，他不再需要照顾任何东西。是谁拥有世间的深渊和穿透云层的山峰，这些东西从何而来？"假装吧，我的同胞。假装吧……"——这就是他对他们所说的一切；说这些话时，他没有微笑，而是隐藏了自己的感情。

他的许多仆人——那些受惠于他恩慈的人，和其他人一样，也未能理解他。当发现他的赠予是真实的时候，他们内心狂喜，但同时也半带恐惧；他们不敢欢呼雀跃，只是画着十字以求自安。

在忽视他们的那些年里，他从未真正了解过大部分雇工的情况——只知道他们存在，服务，活着，就像一直以来那样——他们现在对他的计划来说必不可少吗？他的雇工，一个文本中无法被破译的必要部分。

曼·安东尼奥叔叔把所有的一切都以书面形式记录下来，出自他依然坚定的手，按照他的意愿,记录下来的条款说明了他的动机和背后的逻辑;他在解释时,考虑到了普通人对事物的看法和他们通常会使用的论据,以便消除疑虑。正如我们将会看到的,在他精心策划的保护中,仿佛预见到了所有针对他从前的仆人和雇工的指控——那些后来会在血色夜晚发生的指控。通过一份提早写下的声明,他小心翼翼地保护了他们。

除了那座巨大的老房子,他没有给自己留下任何东西,房子建在高处的空中,视野开阔,从那里看去,世界显得更加辽阔、透明,尽管在它隐秘的地基中隐藏着欺骗性的深度。什么都没有。也许是虚无。他假装自己也一无所有;他对自己,也在假装。至于其他人,无论他多么爱他们,也无法真正理解他们。

他习惯于假装他们才是主人,那些其他人。他们从来不曾理解他。更别说爱他了,因为他们总是敬畏他隐秘的自我,尊重他的地位,他在城堡一般的宅邸里,总是显得很威严。为什么这个没用的老糊涂不干脆一走了之,结束这一切?他是智者,他留在这里,只希望他们能有所进展而不致失去立足之地,守护着他们,亲切地处理他们的事务,充当他们的管理者、监督人和地主。他们像从前一样为他服务。但毫无疑问,他们对他怀有亘古不变、与生俱来的仇恨。

曼·安东尼奥叔叔,追求一切隐秘的东西,从自己身上和他人的关注中撤离,走进他自己的内心。他不再质疑任何东西——无论是眼前还是永恒——无论是地平线还是山顶。他习惯于接受生活的空虚和反复无常的无意义,他扛起了岁月的重担,挺立、平静,并全力以赴地"无所作为";他专注于自己的思考。不论是关于从未发生过的事,还是某时发生的某事。

就在这时,事情发生了。那件事——没有任何思想可以预料、无法决定的一步。他死了,就像一根线穿过针眼。他死了;他不在意死亡。人们发现他躺在吊床上,在那间最小的卧室里,身边没有朋友,也没有爱人——凡人过客,一个孤独的"王子",孤身一人,世间独立的存在。

啊,令人唏嘘,这个消息让所有人都非常讶

异,他们头晕目眩,哑口无言,想到这样一个人,一个真正的炽天使,竟会如此无依无靠地走到生命的尽头,他们都感到惧怕;是从那种神圣的恐惧和几乎无意识的仇恨中,产生的一种惧怕,害怕死亡会给他们带来一连串可怕的灾难,害怕荒唐的惩罚会被释放,降临到他们和他们的子孙后代身上。

然而,既然他已经死了,他们就必须对他的遗体表示应有的尊敬和礼仪——人类的、世袭的,尚未被损毁的。他们在他的头顶和脚下点燃了四支大的蜡烛,把他安放在这所房子最大的房间里,找出那套笔挺的紫红色粗毛呢西装和黑色靴子给他穿上。他就在那里安息了。然后,他们不得不发出通知和消息,让其他人知道——他的亲戚和所有可能从远近各地赶来的人。也有人在阳台上哭泣。钟声被敲响了。

所有的仪式完成以后,正当日落时分,房子突然着起了火,最终被夷为平地。那个时候,本应该有人在房子里;却一个人也没有。

那场令人难以置信的红色大火,一连烧了好

几天，越烧越旺，在噼噼啪啪地烧掉一件又一件东西、扫清一个又一个障碍物的同时，喂养着自己的火焰。每一阵风吹来，都助长着颤抖的火舌，把畜栏里的粪肥灰尘高高地扬起，畜栏也在燃烧，有四十级台阶的阶梯和灼热的柠檬果园也在燃烧。火苗、火星和余烬被风吹散，蔓延到方圆数里的陡坡、峡谷和洞穴，波涛汹涌，扇动着光辉的翅膀，仿佛整个山丘都在燃烧。那是光明，明亮得失调的光明，它那骇人的光芒，穿透了夜晚。

在距离大火不远的地方，女人们跪在地上，男人们跳跃并呼喊着，狂热的灵魂在充满火焰的空气中变成了恶魔。他们在尘土中跪拜，恳求着什么或者什么也没有，渴望得到安宁。

直到他的躯体被燃尽，在灰烬中——他，这位领主，开始了他的旅程，穿越墓穴，走向大地；除此之外，再无其他；这一切都是成千上万个行为的总和，每一个行为既是果也是因。

他——就是这样皈依了命运——曼·安东尼奥，我的叔叔。

喝啤酒的马

那个男人的农庄光线昏暗,一大半被树木遮挡着,从没见过谁家周围有这么多树。他是个外国人。我是从母亲那里听来的,西班牙流感那年,他小心翼翼、忧心忡忡地来到这里,买下了这座与世隔绝的农庄。从房子的任何一扇窗户都可以手握猎枪,向远处眺望;那时候,他还没这么胖,胖得让人恶心。别人都说,他垃圾食品吃得太多:螺蛳,甚至青蛙,还有一大把泡在水桶里的生菜。午饭和晚饭他都是坐在门槛上吃,水桶放在他粗壮的两腿之间的地上,里面装着生菜;不过,他煮的牛肉是真正的牛肉。他把大部分钱都花在了啤酒上,却不会当着我们的面喝。我路过的时候,他会管我要:"伊里瓦里尼,再来一瓶,给马喝的。"我不喜欢多问,只觉得无聊。有时候我没有啤酒,我有啤酒的时候,他就会给我钱,感谢我。他做什么都让我看不顺眼。他甚至连我的名字都叫不对。不管是故意侮辱还是无心冒犯,我都不会原谅,哪位母亲会有这样的儿子。

母亲和我是为数不多从他家门前走小桥过河的人。"宽容他吧,这个可怜人,吃尽了战争的苦头……"——母亲解释道。他身边总是有几条大狗,守卫着房子。我们看得出来,他不喜欢其中一条狗,它模样可怕,不太合群——因此最不受待见;但即便如此,他也和它寸步不离,他总是轻蔑地叫着这只恶犬的名字:"穆苏里诺。"我的怨恨咬牙切齿:像他这样的人,后脑勺突出,驼背,声音嘶哑,长相奇怪得令人反胃——凭什么既有钱,又有地位,把上帝的土地买走,不尊重别人的贫穷,一打一打地买啤酒,然后说浑话。啤酒?确实,他有几匹马,四匹,也许是三匹,生活得很惬意,因为他从来不骑马,也骑不了了。他连走路都费劲。这个浑蛋!他总是不停地抽着短粗的雪茄,上面到处是牙印和口水。他真该好好挨一顿教训。他这个人还很谨慎,老是把家门锁得死死的,看谁都像是贼。

　　看得出,他很欣赏我母亲,对她很和蔼。但是,这对我没用——平息不了我的愤恨。母亲病重时,他给我钱买药。我收下了;谁能白手起家呢?但我没有感谢他。他一定恨自己是个有钱的外国人。即便如此,也无济于事,我母亲是个圣人,她到黑暗世界去了,外国人出钱给母亲办了葬礼。后来,他问我是否愿意为他工作。我左右盘算,没想明白。他知道我无所畏惧,自尊心强,可以面对任何人,在本地几乎没人敢惹我。我觉得他是想得到我的保护,免得白天黑夜受本地人和外地人欺负。因此他连半点活儿都没让我干,只让我带着枪到处转转。但是,我会帮他买东西。"啤酒,伊里瓦里尼。给马喝的……"——他认真地说,说出来的话绕口得可以打鸡蛋。还不如骂我呢!至少我还能听明白。

　　而我觉得最奇怪的,就是他藏着什么秘密。那栋偌大的老房子,日夜紧锁,不准任何人进入;甚至连吃饭和做饭也不行。一切都在门外进行。我估计,除了睡觉,或者送啤酒,他自己也很少进去——哦，哦，哦——那是喂马的。我心想："你等着吧，蠢猪，早晚有一天，我说什么也要进去看看！"我早就该找几个合适的人，告诉他们这些荒唐事，吐露我的疑惑，让他们帮忙想点办法。这么简单的事情我却没做。我不善言辞。可是眼下，这些人出现了——外地人。

这两个人很虚伪，是从首都来的。警察局的副手普里西里奥先生叫我去见见他们。他告诉我："雷瓦利诺·贝拉米诺，这两位都是政府官员，可以信任。"然后，这两个外地人把我拉到一边，问了很多问题。他们想知道关于这个男人的一切故事，事无巨细。我答应了，但并没有透露什么有用的信息。我是谁，一只听任狗叫的浣熊吗？我只是有所顾忌，因为这些人阴险狡诈，面目可憎。但是，他们给了我一笔钱，数目不小。两人当中的头头用手摩挲着下巴，叮嘱我说："你的老板是个非常危险的人，他当真一个人住吗？"他让我一有机会就去探查，确认他的脚踝上有没有脚镣留下的环形旧痕，那是逃犯的标志。没问题，我欣然接受了。

对我来说，他很危险？——啊，啊。这么说，他年轻时也许还是条汉子。不像现在，大腹便便，好吃懒做，只知道要啤酒——说什么给马喝的。这个可怜虫。我不是在抱怨，因为我从来不喜欢喝啤酒；我想喝的时候就买，或者管他要，他会给我。他说他也不喜欢喝啤酒。真的。他只爱吃一大把生菜，配着肉，把嘴塞满，让人恶心，他还加很多橄榄油，油流到嘴边他就去舔。最近，他有点疑神疑鬼，难道他知道有外地人来？我没看到他腿上有奴隶的印记，甚至都没去看。我是为那些神思凝重的大法官跑腿的小弟吗？但我确实想看看那栋上锁的房子，哪怕只能从缝隙里瞥一眼。狗狗们现在温驯友好。乔瓦尼奥先生似乎知道我在打什么主意。因为，让我惊讶的是，他把我叫过去，打开了门。里面臭气熏天，什么东西一直闷着，当然没什么好气味。客厅又大又空，没有家具，空空如也。他好像故意让我看个够，还陪我转了好几个房间，我很满意。嗯，然后，我突然有了一个建议，转念一想：卧室是什么样的？有很多间卧室，我还没看完呢,一定有秘密。在其中一扇门后面,我能感到有东西在呼吸——还是我后来才这么想的?哦,这个无赖想耍小聪明;难道我不比他聪明?

更诡异的是,几天以后,据说有人多次听见,深夜,从旷野中传来驰骋的马蹄声,仿佛有人从农庄里骑马出去。真的吗?还是说,这家伙耍我,其实他会变身,是个狼人?只有那些我还没弄明白的胡言乱语,能够解释这一切:或许他真的有一匹怪马,一直藏在黑暗的房子里?

那个星期,普里西里奥先生再次找到我。那两个外地人和他在一起,气氛严肃,他们谈到一半时我走了进来;我只听见,他们其中一个人为"领事馆"工作。我把知道的一切都说了,出于报复,我说得太多了。于是,外地人催促普里西里奥先生去办事。他们自己不想露面,只让普里西里奥先生去。他们又给了我一些钱。

我站在那里,装作不知情,握着自己的手。普里西里奥先生来了,和乔瓦尼奥先生说:一匹喝啤酒的马,这是怎么回事?他不停地追问,想知道些什么。乔瓦尼奥先生看上去非常疲惫。他缓缓地摇了摇头，吸着快要流到雪茄烟蒂上的鼻涕；但他并没有给对方难看的脸色。只是摸着额头问："合法的，你想看看吗？"他出去了，回来时提着一个装满酒瓶的篮子，还有一只木桶，他把所有的啤酒都倒进木桶里，连泡沫也不放过。他让我去牵那匹马：一匹枣红马，颜色比肉桂要浅，长得很俊俏。那匹马——你能相信吗？——迫不及待地走了过来，耳朵动了动，张开鼻孔，伸出舌头：咂巴咂巴地喝着，津津有味，直到见底；看得出来，它已经习惯了想喝多少就喝多少！这匹马什么时候学会喝酒的？它喝起啤酒来根本没够。普里西里奥先生很惭愧，道过谢就离开了。我的老板吹了个口哨，看着我说："伊里瓦里尼，情况变幻莫测，可能不妙。枪别离身！"我答应了。他的胡思乱想和胡说八道让我觉得好笑。尽管如此，我对他也没什么好感。

所以，当那两个外地人再来的时候，我告诉了他们我的想法：那栋房子的卧室里一定还有别的东西。这次，普里西里奥先生带着一名士兵来了。他直截了当地宣布：为了正义，他想搜查所有房间！乔瓦尼奥先生站着，心平气和，只是点燃了一支雪茄，他总是很理智。他打开了房门，让普里西里奥先生进去，还有那个士兵和我。卧室？他径直走向一间关得严严实实的卧室。景象令人震惊：里面有一匹高大的白马，标本。它那么完美，脸形方正，就像一件小男孩的玩具；闪闪发光，洁白无瑕，鬃毛顺滑，臀腿健壮，和教堂里的那匹马一样高大——圣若热的白马。他们是怎么把它运到这里的，或者让人运来的，又是怎么放进卧室的呢？普里西里奥先生失去了兴趣，只觉得惊讶。他仔细抚摸着白马，并不认为它里面是空的。乔瓦尼奥先生和我单独待着，又嚼起了雪茄："伊里瓦里尼，可惜我们俩都不喜欢喝啤酒，对吧？"的确如此。我想过把发生的事情告诉他。

普里西里奥先生和那两个外地人扫清了疑虑。但我仍然对这一切感到好奇：那么，其他房间呢？门后有什么？他们应该一步到位，把这栋房子整个搜查一遍。不过我没打算提醒他们，因为我并不好为人师。乔瓦尼奥先生若有所思，又开始跟我说话了:"伊里瓦里尼,唉,人生很艰难,人是囚徒……"我不想问他白马的事,不重要,应该是打仗的时候他养的马,是他的宠物。"可是,伊里瓦里尼,我们过于热爱生活了……"他想让我和他一起吃饭,但是他的鼻涕淌得满脸都是,他只是吸一吸鼻子,懒得去擦,浑身上下都散发着雪茄味。看着他有苦说不出的样子,我心里很不是滋味。于是,我去找普里西里奥先生,告诉他:我不想再和那些搬弄是非的外地人有任何瓜葛,也不会再做两面派了!如果他们再来,我就把他们撵走,痛骂一顿,再打一架——且慢!——这里是巴西,他们和我的老板一样,都是外国人。我是舞刀弄枪的一把好手。这一点普里西里奥先生知道。只是他不知道会有这些意外情况。

接下来,事情很突然。乔瓦尼奥先生敞开了所有的房门。他叫我过去:客厅,地板中央,躺着一个人,身上盖着白布。"约瑟普,我的兄弟……"他哽咽着对我说。他想把神父请来,想让教堂的丧钟敲响三次,以寄托悲思。没有任何人知道这个独自隐居、逃避社交的人,竟然还有兄弟。葬礼安排得非常体面。乔瓦尼奥先生甚至可以在众人面前夸耀一番。不过，在此之前，普里西里奥先生先来了，我估计是那些外地人答应给他钱；他要求掀开白布检查。我们看到的景象只有恐怖，还有所有人瞪大的双眼：死人面目全非，准确地说——只有一个巨大的洞口，伤口早已凝合，可怕极了，没有鼻子，没有脸颊——甚至能看见他脖子上的白骨，他的咽喉和扁桃体。"这就是战争……"——乔瓦尼奥先生解释道，说完这些可怜的话，他的嘴还傻乎乎地张着，忘了合上。

现在，我想离开那里，去流浪，在那个恐怖、倒霉的农庄再待下去对我没有什么好处，树林那么黑，从四面八方围着我。乔瓦尼奥先生坐在外面，这是他多年以来的习惯。他看起来病得更重了，一下子苍老了许多，身上还隐隐作痛。但他仍然吃着肉和桶里的一颗颗生菜，嘟囔着什么。"伊里瓦里尼……人生……真他妈的无常啊，啊？"——他问道，语调像在唱歌。他看着我，满脸通红。"就是一眨眼……"——我回答。我没有去拥抱他，不是因为厌恶，只是因为羞愧，为了不让自己流泪。然后，他做了一件最离谱的事：他打开一瓶啤酒，任由泡沫喷涌而出。"来，伊里瓦里尼，小伙子，喝一个？"——他提议。我也想喝。我一杯接一杯，喝了二三十杯，几乎把所有的啤酒都喝完了。他很平静，让我走的时候带上那匹马——那匹喝啤酒的枣红马——还有那只愁眉苦脸的瘦狗穆苏里诺。

我再也没见过我的老板。他在遗嘱中把农场留给了我，那时我才得知他的死讯。我找人给他、他的兄弟和我的母亲立了墓碑，举行了弥撒。然后把农场卖了，在这之前，我砍掉了所有的树，把在那间屋子里看见的东西埋进了土里。我再也没回去过。不，我始终忘不了那一天——太难受了。我们两个人，还有许许多多的酒瓶子，当时我还以为我们身后还有另一个人，他也有份：那匹枣红马；或者圣若热的大白马；再或者，他那不幸的兄弟。然而，只是幻觉，谁都没有。我，雷瓦利诺·贝拉米诺，终于明白了。我一瓶一瓶喝完剩下的所有啤酒，假装是我喝完了那栋房子里所有的啤酒，以结束这场误会。

一个皮肤很白的年轻人

1872年11月11日晚,在米纳斯吉拉斯州的塞罗弗里奥区发生了一件令人毛骨悚然的事情,当时各家新闻媒体均有报道,并且记录在"历史年鉴"当中。据说,一不明发光物体从天而降,随后是惊雷之声,地动山摇,房屋倒塌,山谷震颤,死伤无数;然后是一场暴风雨,引发了前所未有的洪水,江河溪流的水位比正常水平高出六十英尺。大灾难过后,方圆五公里内的土地面目全非:山丘只剩下残骸,峡谷开裂,溪流偏离河道,灌木被连根拔起,新的山丘和岩石平地而起,庄园被毁,一无所有——大地乱石遍布,泥浆横流。即使是距离事发地点较远的地方,也有许多生灵死于非命,或被活埋,或被淹死。许多人因此流浪,茫茫无措,回家的路难以辨认。

那个周末是圣菲利克斯日[1],一个难民来到卡斯科庄园的院子里,庄园坐落在圣像公园路,属于希拉里奥·科尔代罗;这个可怜的年轻人惊恐万状,他一定快要饿死了。他是突然出现的,身材修长,但是衣衫褴褛,身上只裹着一块布,那布就像一块盖在马背上的毯子,不知道是从哪儿找来的;因此,当清晨时分年轻人被发现躲在牛栏后面时,他羞愧难当。他的皮肤白得惊人;但不是那种病态白,而是一种轻透的白,像镀上了一层阳光:仿佛光源就在他的皮肤下面。他非常像那些我们从未见过的外国人;似乎代表着另一个种族。直到今天,人们还在谈论他,尽管时间变迁,故事已经模糊不清,但当年见过他的人,都把这个年轻人的故事讲给了他们的子孙后代。

科尔代罗善待穷人,他虔诚而善良,尤其是在这场灾难之后,他自己的亲人或死或亡,他毫

---

[1] 圣菲利克斯日,5月18日,纪念意大利修士圣菲利克斯的节日,他一生致力于慈善事业,死后由教皇封圣。

不犹豫地收留了这个年轻人,为他准备了衣服和食物。对年轻人来说,这种善行简直是及时雨,因为他遭受了巨大的不幸和恐惧:完全丧失了记忆和语言能力。那么,对他来说,未来和过去是一样的吗?他听不到任何声音,也不回应,不说"是",也不说"不是",这令人感到无比同情和哀伤。他似乎也无法理解,即使有时会误解别人的手势。他一定有自己的名字,既然如此,就不能再给他起一个名字,不知道他叫什么;甚至不知道他姓什么——他不是任何人的孩子。

在年轻人刚到这里的几天,邻居们都来看望他。他并不愚钝。只是带着一种出神的表情,显得有些疲惫。而令人惊讶的是,他的观察力非常敏锐,能够细致地观察周围的人和事;尽管这是后来才显露出来的才能。人们喜欢他。也许最喜欢他的是黑人若泽·卡肯德,他是一个音乐家的半解放奴隶,音乐家行为古怪,他也头脑不清;因为在孔达多得了大病,卡肯德最终变得疯疯癫癫:他现在到处游荡,发表一些警告和荒谬的言论——声称在灾难前夕,他在皮谢河边看到了一些奇怪的景象。但有一个人从一开始就不喜欢这个年轻人，甚至敌视他——认为他是个流氓，是个逃窜的罪犯，要是在过去，肯定会被流放非洲，或者被戴上镣铐关进国王的地牢——这个人名叫杜阿尔特·迪亚斯，是村里最漂亮的女孩薇薇安娜的父亲；众所周知，迪亚斯脾气暴躁，恃强凌弱，傲慢无礼，心如铁石，所以他说的话，没有人真正理会。

他们带着那个年轻人去参加弥撒，他表现得很得体，没有表现出信教或不信教的态度。他感情真挚地聆听唱诗班的歌唱和音乐。确切地说，他并不悲伤；但似乎比其他人更能感受那种追怀，一种超越理解的深沉怀念，继而净化为一种更大的快乐——如同忠犬陪伴在主人身边。他的微笑有时会停住，似乎在回想另一个地方、另一个时间。他的笑容更多的是在脸上，而不是在眼中；而且从来没有露出过牙齿。在与他慈善地交谈之前，巴扬神父在他面前出人意料地画了一个十字：他也没有表现出不悦。他仿佛处于高远的境界，展现出自己的存在。巴扬神父写了一封信，签名盖印，寄给玛丽安娜主教堂的司铎莱萨·卡达瓦尔，作为这位奇特流浪者到来的见证，他在信中写道："与他相比，我们这些普通人面容僵硬，一副习惯了疲惫的模样。"信中还提到了黑人卡肯德，说他近来向自己慷慨激昂地胡言乱语，阐述他在河边的所见："……大风呼啸，阴云密布，场面恢宏，有一个暗黄色的物体在天边的火焰中移动，一个扁平的圆形飞行器，上面有一个蓝色的玻璃罩，伴随着车轮、火焰和嘈杂的声音，它降落了，里面走出几位大天使。"弥撒过后，笑容可掬的卡肯德要和科尔代罗一起送年轻人回家，就像亲生父亲一样关心他。

但是，在教堂门口，遇到了盲人乞丐尼古拉，年轻人看见他，目不转睛，全神贯注——据说他的眼睛是粉红色的！——他径直走向尼古拉，迅速从口袋里掏出什么东西递给他。此时，盲人正站在阳光下，汗流浃背，基督信徒们应该想一想：一个无法享受光明美景的人却要忍受恒星之王的炙烤，这是多么鲜明的对比。盲人摸了摸手中的礼物，想知道这是什么硬币，他意识到这不是什么硬币，于是把礼物送到嘴边；这时他的小向导告诉他：这不是吃的东西，而是一颗树种。于是，盲人心有不悦地收起那颗种子，直到几个月后，直到接下来的故事结束，才把它种了下去。它开出了一朵极为罕见、出人意料的蓝花：这朵花有好几头，以一种不可能的方式穿插着长在一起，精致得令人难以置信，颜色也没有人说得清，像是不属于这个世纪的产物；它很快就凋谢了，既不结籽儿，也无幼苗，甚至连昆虫都没有发现它。

然而，就在盲人收起种子这一幕发生后，迪亚斯带着几个同伴和仆人出现在教堂的院子里，提出了一个令人吃惊的要求，这显然是在找事：迪亚斯想把这个年轻人带走，理由是，由白皙的皮肤和优雅的气质可以推断，他一定是地震中在孔达多失踪的雷森德家族的一员，也就是自己的亲戚；因此，在得到任何确切的消息之前，按照习俗，他有责任照看年轻人。科尔代罗立即否定了这一假设，迪亚斯言过其实，越俎代庖，直到来自塞罗的昆卡斯·门达念——他是政界名人和兄弟会首领——从中劝说，这场争论才没有演变为更加激烈的争执。

很快，科尔代罗就明白了，他如此热心地保护年轻人是对的，因为他开始事事顺心，身体健康，家庭和睦，事业蒸蒸日上，生活日渐富足。并不是因为那个年轻人帮了他什么忙，干一份农活或者学一门手艺，他根本没有这个能力——他那双手没有老茧，白皙细嫩，像宫殿里的王子一样。事实上，他经常若有所思，或者四处游荡，自由自在，喜欢独处；看上去像是中了什么魔咒，人们都这么说。尽管如此，他在处理机械、工具和机器工作时表现出色，总能帮上忙，进行许多发明，处理难题，这时候的他聪明、细心而敏捷。他有一个奇怪的习惯，那就是抬头看天，无论白天还是晚上——他是个观星者。有时，点燃火焰也是他的乐趣，大家都能看出来他多么热爱圣约翰节期间燃烧的篝火。

然后就发生了薇薇安娜小姐的事情，这件事一直被人们讲得不清不楚。事情大概是这样的，年轻人和卡肯德一起出现,他看见了薇薇安娜小姐,她非常美丽,可是不像其他女孩那样快乐:他走到她身边,温柔而惊奇,轻轻地将手放在她的胸口。薇薇安娜是最美丽的女孩,奇怪的是,这种外表的美丽并不能改变她内心深深的忧伤。但薇薇安娜的父亲迪亚斯看见这一幕后,立即怒吼道:"必须结婚!现在,必须结婚!"态度坚决。他宣称,这个年轻人是单身,年纪轻轻,让他的女儿蒙了羞,理应娶她为妻,承担婚姻的责任。年轻人听着,心平气和,什么反应都没有。迪亚斯的吵闹一直持续到巴扬神父和其他长者出面制止他的愤怒和无理。薇薇安娜小姐也用灿烂的微笑安抚着父亲。从那一刻起,她心中久违的快乐被唤醒了,成为贯穿她余生的天赋。只是,迪亚斯——确实令人费解——还做了一些令人瞠目结舌的事情,我们继续。

在八月五日,白雪圣母献礼弥撒和耶稣显容节前夜,他来到卡斯科庄园,要求与科尔代罗交谈,这让所有人都大吃一惊。那个年轻人也在场。他是如此超凡脱俗、风度翩翩——我们看着他，就想到月光。然后，迪亚斯宣布：他恳请带走这个年轻人，带回自己的家。他说，他这样做并不是出于野心或虚伪，也不是因为卑劣的利益，而是因为内心的愿望和需要，他心中的悔恨和歉疚让他对年轻人产生了强烈的敬爱之情！他一边说，一边激动得语无伦次，眼泪不停地流下来。听到这番话的人难以理解他前后矛盾的情感变化：一个男人为了表达自己的爱，除了莽夫的方法和暴力手段之外，就没有别的办法了。然而，那个如太阳的眼睛般明亮的年轻人，握住了他的手，与黑人卡肯德一起，带他穿过田野——后来人们才知道，他们是去迪亚斯家的土地上，那里有一个废弃的陶器作坊。年轻人让他在那里挖掘：果然，他发现了一堆钻石；根据故事的其他版本，也可能是一堆金币。见此奇事，迪亚斯相信自己会非富即贵，从那以后，他的确发生了改变，成为一个简朴、善良、仁慈的人，同时代的人都为此感到惊讶和钦佩。

然而，相反的是，在神圣的圣布里吉德日，人们再次听到了年轻人的消息：那个平静的年轻人。据说，节日前夕，他出了门，登上高处，这是他消失时常去的地方；那时正是天干物燥，经常打雷的季节。卡肯德说，他帮年轻人悄悄地点燃了九堆篝火；除此之外，只是重复他的老一套说辞——阴云、火焰、喧嚣声、圆形物体、车轮、奇怪装置和大天使。伴随着第一缕阳光的到来，年轻人就像长了翅膀一样飞走了。

一想到这件事，所有人都很惋惜，大概永远无法释怀吧。他们对天空和山川产生了怀疑；对大地的坚固产生了怀疑。迪亚斯悲痛欲绝，离开了人世；而他的女儿，薇薇安娜小姐，依然保持着快乐。卡肯德经常与盲人交谈。科尔代罗和其他许多人都说，只要想起那个年轻人，就有无尽的追怀，心如死灰。他光芒一闪，就消失了。故事就是这样。仅此而已。

蜜月

即使在千篇一律之中,也会有新鲜事发生。那天前夜,我有点疲惫,浑身无力;我不会病入膏肓了吧?正值十一月初。现在的我非常平和,尽量平和。和年轻时候的自己相比,我真是大不如前了:那时多么放纵、放荡,放浪形骸。后来,生活变得严肃,也越来越艰难。我是个过着中等生活的农民,也就是说,我不会穷得叮当响,也不会富得流油。在我这热情好客的昂萨圣十字农场,最不缺乏的就是安全防卫措施。这是个宁静的角落。炎热的天气让人昏昏沉沉,我除了眼睛哪里也动不了。那天,我倍感空虚。因为倦怠和无聊,我吃了很多东西。午饭后,我躺在卧室的吊床上。想着年龄、消化和健康:是肝脏的问题。我的妻子萨·玛利亚·安德雷萨年纪也大了,她对我很好,正要煮茶给我消食。真不错。我的儿子费菲诺站在门外,告诉我:有人到访,还带来一封信。我等了一会儿才出去。我不喜欢匆匆忙忙的状态。

我的儿子费菲诺,既不愚蠢也不迟钝,他向我解释说:这个家伙来的时候悄无声息,他骑着马,走到磨坊后面的马厩才有人注意到,狗没有叫,大门也没有吱嘎作响;他全副武装,背着一支连发枪。然后,我的工长若泽·萨提斯费托,悄悄地告诉我他的名字——"巴尔杜尔多"。我像是美洲豹下巴上的小蚊子:没有轻举妄动。我知道巴尔杜尔多的名声——他一个人抵得上一个营的兵力,血债累累。不过现在,我有什么好在乎他的呢?我这么说是因为:我的手下若泽·萨提斯费托,曾经也叫"泽·西皮奥",是个狠角色;你明白我的意思。那些与利德尔丰索少校和他的士兵枪战的日子,他一直跟着我,还有其他人。生活本就充满粗犷的变化。我负责摆桌子和付账单。我从吊床上起身,去看看来者何人。那个男人看见我,迅速打量一番,尊敬地询问我的全名。他把带来的信送到我手上，确实是一封重要信件。我三番五次地读着信上的名字：赛乌塔泽亚诺先生。

那——这封信我怎么能不看呢！我拼读道："我敬爱的朋友和兄弟……"赛乌塔泽亚诺先生，在远方的指挥部，操纵着这些重要的事务，手腕强硬，行动迅速。他是位卓越的领导者，气场强大，是半狮半虎的南美豹，但他又是公正、高尚而慷慨的。不知从何时起，他就是我的好兄弟，好长官。多么久远的事情啊。现在，他在这个时刻想起我，信任我的忠诚。一定有重要的事情。和纷繁复杂的事情有关——鸡飞狗跳，场面混乱。我理应帮忙，我也想要帮忙。如果他画下了蓝图，我就负责实施。信的内容很简洁："请你好好保护他们，一个男孩和一个女孩。其余的事，日后细说。"爱情真是让人疯狂！——我笑了笑。然后从空闲状态调整过来，开始准备接待。

需要处理的事情还有很多。为其他即将到来的事情做准备，迎接期待已久的访客。安排好各种事务。做好万全的准备。那天是星期六。我和若泽·萨提斯费托以及我儿子费菲诺达成共识：让他们从美奥农场带些人来；再从牧尼奥的农田带来比这多一倍的人；确保剩下的人手足够每天轮班，完成农活。这些人触手可及；当然，到了关键时刻，他们都靠得住。大米和豆类储备充足，还有一捆捆火药、霰弹和子弹。要我说，这么做是明智的。与上帝和平相处，保持冷静。理智、真诚而正直。

萨·玛利亚·安德雷萨，我的妻子注视着我。

那个巴尔杜尔多很体面地表达道："先生，请允许我在这里停留几天……"——他只是轻声说道，他对自己的职责了如指掌。他成了我的伙伴——这是守护天使的恩惠。我在阳台上踱步——我的习惯动作。少年和少女，接下来会发生什么呢？萨·玛利亚·安德雷萨，我的好妻子，她会收拾好一两间房——毛巾、舒适的床铺、花瓶里的花。我确定他们会在晚上到达，他们是聪明人。"啊，我的老伴，我们去拉小提琴吧……"——我一边开玩笑，一边擦拭着我的帕拉贝伦手枪。我的老伴只是摇了摇头说:"原始森林的乳香黄连木不会变光滑咯……"我深情地握住她的手。我想起了我所有的枪。唉,唉,逝去的青春。

我们没有人感到意外,他们的确是在午夜时分抵达的。这对新人,非常相爱。女孩很有魅力,吸引了所有人的注意;我甚至还不知道她是哪位父亲的女儿。她有些惊讶,但是露出了释然的笑容。而男孩——真是个好小伙儿!我一眼就认出了他。他有一支长步枪。他仪表堂堂。不,他们还不是夫妻。他们吃了晚饭。什么也没说。女孩在房子里的一间小屋里休息;她像处女一样矜持。男孩很勇敢,他想住在磨坊里。他身体健壮。我很欣赏。我觉得自己就像他的父亲。啊,他们单独旅行,理应如此,这是特殊的私奔。我更喜欢他们了。后来,大约过了一小时,另一个人也来了,在不远处保护着他们俩,而他们并不知道——这也是赛乌塔泽亚诺先生的吩咐。

事情安排妥当,一切都很有分寸,就像只有伟大的指挥官才能构思出来的那样。那"另一个人"叫比比昂,是个脾气暴躁的人,拿着枪管和手枪:他向我问安。很好。一切井井有条,我睡着了,安心地做自己睡眠的主人。为什么不呢?我安排的人日夜兼程,快马加鞭。一个自己人去了我的伙伴维里西莫的康贡念农场,借来三支来复枪和三个帮手。那里的居民很热情。保险起见,另一个人去了饮马湖农场,又找了三个帮手——这样我的朋友塞雷热里奥就不会生气了。很好。剩下的就由我来安排。尊重是智慧和体贴的耕耘得来的:是用荣誉、和平和利益换来的。我这样想着,踏实地睡了。我就生活在这些事情里。

我比太阳醒得还要早,万物处在平和、稳定和晨露之中。我敬仰田野的确定性,有各种气味装点着;又仿佛什么也没有。我的妻子萨·玛利亚·安德雷萨照顾着我。我对她说:"不要告诉我这个女孩是谁,或者她说了什么。"至少现在别说。我不想知道,因为可能会心生戒备:她可能是熟人、亲戚或朋友的女儿。当然那也没用。此时此刻,我是忠实的,我就是赛乌塔泽亚诺先生。至少我这么想。乱世出英雄！——这句话说得对。那一天是星期天，我们狼吞虎咽地吃了午饭。女孩和男孩就在我面前，欣喜地互相凝望。这个世界上，有这么多美好的事情。萨·玛利亚·安德雷萨，我贤惠的妻子，正在全心全意地煮饭。如果你问我，我甚至没有想过：这些年轻人的爱情，是我的另一场青春。

我们平静地做着事情，时间在流逝，又像是静止。就这样，这一天在平平安安中度过；什么也没发生。那位美丽的姑娘在室内的圣像龛前祈祷。我的妻子萨·玛利亚·安德雷萨给予她真诚的关怀。我们在外面。我的儿子费菲诺在那边，比比昂在山坡上，巴尔杜尔多在溪边的桥上；还有许多其他的男人；但他们都在暗处，隐藏得很巧妙，谁也发现不了。和我一起的，还有若泽·萨提斯费托和新郎，他们话很少：我们在沟壑间来回走动。我的萨·玛利亚·安德雷萨，也在为我祈祷吗？我——真是的。我在做准备工作，无暇沉思。今天，真不错。感谢上帝。夜幕降临，星星如期而至。从康贡念农场和饮马湖农场来的人也陆陆续续到了。他们不苟言笑，手持武器。啊，这美好的友谊。

然后，更多的人在公鸡打鸣之前就醒了。在这儿，为了这个不确定的星期一——即将圆满的日子。这一天，大批人马到来。首先，赛乌塔泽亚诺先生又派来两个人。是两个勇猛的领袖。然后，根据事先的通知，又有两位绅士到了：是神父和他身后的教堂司事。欢迎莅临。神父是位年轻人，背着猎枪？全副武装；短步枪。他下马后，给所有人祝福，准备主持即将举行的婚礼：婚宴在家里进行。我也得赶紧去准备，我穿上了自己最好的衣服——为了这重要的时刻。我的妻子萨·玛利亚·安德雷萨愉快地布置好了祭坛。这对年轻人无与伦比。爱就是爱。多么美妙。两人手挽着手。看看真正的爱情是什么样子！一切都那么美好，真好。我的萨·玛利亚·安德雷萨穿得很漂亮，我觉得她脸上也有点红晕。乐队演奏我一向喜欢。神父说了些动听的话。这时我才知道新娘来自哪个家族：她是少校若昂·迪奥克莱西奥——他是个硬汉，财力雄厚，做事强势——的女儿。说这些事情没什么意思……嗯。我耸了耸肩。我承诺的事情就会办好,圈地耕田;曲折的道路也能变得笔直。仪式结束后,大家从祭坛走向餐桌,从一个厅转到另一个厅。

然后是简单的宴会,按照一般习俗准备了乳猪、火鸡、烤木薯粉,应有尽有;还有美酒。当然还有甜点。我们和神父都吃得津津有味;我没有任何不舒服。乐队唱起了歌。新郎腰间佩戴着武器。新娘美丽动人,戴着头纱和花冠。我看看自己,心中想着:人老了,羊毛也沾灰了……而这些爱情的甜美啊!——我这样想着,不禁叹了口气。我从山谷来到山上。仪式快结束的时候,我的弟弟若昂·诺尔贝托到了,他的钟鸟庄园离这里很远。他一收到消息,就赶来帮我。他带来了一个最重要的消息:"如果少校带着手下打过来,赛乌塔泽亚诺先生会率领他的百名部下前来支援:从后面包抄!"我坐下来,吹了个胜利的口哨。温文尔雅的新郎,原来是赛乌塔泽亚诺先生的亲戚。我的几个朋友弹起了吉他。舞会开始了吗?

我凝望着我健康的妻子，萨·玛利亚·安德雷萨。

而今晚，最为重要！我的两位朋友塞雷热里奥和维里西莫亲自到来。一群人准备应对艰巨的任务。就连神父也说他会留下来：在关键时刻向谁忏悔，或者听谁忏悔。只不过，桌子上的祈祷书旁边就是手枪。神父是个好人，品行高尚，他是赛乌塔泽亚诺先生的朋友。现在，我们等待着迪奥克莱西奥少校和他的手下。"哦，当然！"——有人说道。"这些事情，我想在晚上看看！"——另一个声音说。"谁来吹灭蜡烛？"——又有人说。我听着，到处都是巡逻队、战壕和哨兵。沉静而平稳的脚步声，步枪的铿锵声。啊，这个古老的昂萨圣十字农场，对任何敌人来说都是荆棘。况且，我是指挥官。我已经闻到了血腥味：迫不及待。我，赤膊上阵。我，代表自己，也代表赛乌塔泽亚诺先生。

我们彻夜不眠。在客厅里。坐在这些长凳和椅子上。那些门灯和彩灯。所有负责指挥的人。我，我的弟弟若昂·诺尔贝托，我的朋友维里西莫和塞雷热里奥,新郎,费菲诺。还有身着白色婚纱的新娘,以及我的妻子萨·玛利亚·安德雷萨。所有的男人和女人。这是好人的聚会。我的伙伴泽·西皮奥在我旁边。夜宵也很欢乐——给剩饭回魂。我们站着吃,手里端着盘子;耳朵保持警惕。我们笑对战争,无所畏惧。我们就在这里,敌人尽管来吧!——迪奥克莱西奥家这些人,见鬼去吧。就是今天——让他们断气。我们就在这里,等待着——为上千只飞蛾点火。还要唱着:你来了,你好啊——如果你问我——尽管来吧![1] 没人吗?不管谁来,我们都准备好了。

我们,离死亡只有一步之遥,英勇无畏,团结一致,人数众多,绰绰有余。但是没有人来。新娘对着新郎微笑,婚礼的氛围可爱极了。我却思绪错乱,处于戒备状态。别人缺少的,我拥

---

1 manda o tri-o-li-olá("你来了,你好啊")和 pique-será("尽管来吧")是小朋友做圆圈游戏(bricadeiras de roda)时常见的歌曲,口口相传,歌词简单,加以重复,便于记忆,是巴西老一辈人的童年游戏。为了字面意思连贯,译成中文时略有调整。

有太多。我的妻子萨·玛利亚·安德雷萨对我微笑。老年人无法再拥有的东西：小秘密，悄悄话。还是没有人来。天亮了，公鸡啼鸣。神父是尚武之人，做了祷告，大大方方地享受着武器带来的愉悦。在这幸运的一天，我也感受到了回报，仿佛此生的第一次体验。我得到了更多自然力量——干涸的泉水重新涌现——新芽重新萌发了。我的萨·玛利亚·安德雷萨看着我，眼中充满爱意，她美丽动人，那么年轻。今夜，没有人来吗？什么也没有发生！清晨时分。新郎带着新娘去休息了；还有几个困得在稻草堆上打呼噜的人。我们决定轮流守夜。我幸福地看着我的萨·玛利亚·安德雷萨；充满了爱的火焰。我一只手握着步枪，另一只手牵着她的手，对她说："让我们相拥而眠吧……"黎明的事情，在黑夜来临前就托付好了。很好。我们睡着了。

不知道过了多久，我从温暖的怀抱中醒来。所有人都已就位。那天，星期二。是那一天吗？我们等待着。一半谨慎，一半欢喜；严肃认真，不慌不忙。然后呢？在这漫长的平静之中。就这样。

然后,新的消息来了:一个口信。传话的同志是迪奥克莱西奥家的仆人:今天他家主人会路过这里,单独来拜访我。表现得很友好。拜访我?干吗呢?我召集了我的同伴首领们,一起商讨对策。我们达成了共识:他们,连同大部分人和枪支,先撤离到稍远一点的地方——在半里格外的美奥农场静待事态发展。我的弟弟若昂,我的两个朋友,还有神父身边随行的教堂司事。让我的庄园暂时解除武装。就这样,就这样吧。好。以免挑起事端,在这件事上我很克制。不过那人不会独自前来的,一个大使,只是来和我说点什么?威胁,抱怨,恐吓,宣战?随便吧。我家门朝向东边开。我就不看其他方向了。我这个人很忠诚的。这就是我——若阿金·诺尔贝托。我是赛乌塔泽亚诺先生的朋友。

我在这里,在家门口接待了这个人。他是新娘的哥哥。我认识,于是热情地握了手。他进了屋。坐了下来。我很严肃,很平静;他也很理智,表现得体。看来他不是来闹事或者找碴儿的；看起来很有礼貌。如果我们能以较好的方式解决这件事呢？作为一个正直的人和队伍的指挥官，我的职责和乐趣就是调解、告诫和言归于好。现在，这头和那头需要缓和关系。我理清了思路。邀请他共进午餐。那么，我的立场是：用合适的方式和步骤，既不横眉冷对也不拔刀相向。我把新娘和新郎一起叫来吃饭！

有胆量——的确是一对勇敢的新人。他们来了。我的那位客人笑了笑。他跟新娘新郎握了手，问候着："怎么样？怎么样？"——充满尊重和坦诚。很好。我们一起吃饭，谈论了各种话题。很好。事情进行得很顺利。他温和地邀请新郎新娘跟他一起回去：接受父母的祝福，出席即将举行的第二场婚礼庆祝聚会。那这不就一切顺理成章了吗？他得知这边举办了婚礼。于是也邀请我一起，我和亲爱的萨·玛利亚·安德雷萨。很好，很周全。不过，出于种种原因，我无法前去。但我让我的儿子费菲诺作为代表；他也愿意参加这次爱的聚会，就这样决定了。

新郎新娘心满意足地同意启程，他们向我

告别,频频道谢。我直言不讳地回答:"我要补充一句:上帝之下,只有赛乌塔泽亚诺先生一人!"那位客人站起来,准备离开。我对他直截了当,稳妥起见,按照和平共处的原则:"婚礼上,我是他们两个的证婚人,如果他们愿意,我要做他们第一个孩子的教父!"——我大声说道,假装笑得爽朗。这样总是好的。他会不明白我的意思吗?毫无疑问。这人生就必须要明确表示和签字盖章。除此之外,只能用枪杆解决!

萨·玛利亚·安德雷萨和我,我们,站在阳台上向外眺望:骑士们结伴而行。突然间,一切都已结束,也可以这么说,一切都已解决。战争没有了,更长的蜜月也没有了,愉快也不再愉快了!

我看着我的萨·玛利亚·安德雷萨,她也看着我。哎,真是。没什么。

相应地,巴尔杜尔多和比比昂也走了。赛乌塔泽亚诺先生的事情已经办妥,我的职责也已经履行。我的工长若泽·萨提斯费托有些疲惫地关上了大门。这些蜜月时光如此短暂,就像一阵风笛的余音。那些转瞬即逝的安慰：虚幻的爱情，就像我用来打水的提篮。我们，现在：要走出破灭的幻想，步入老年。但是，费菲诺，我的儿子，有一天也会这样抢走一个姑娘——带着枪！我，若阿金·诺尔贝托，微笑着，充满敬意。我拥抱了我的萨·玛利亚·安德雷萨，我们的眼睛不再模糊。你问我这是什么？是的，这里是昂萨圣十字农场；这是个安静的避风港。啊，好吧；也许事情就是这样。

勇敢航海者的启航

这天早晨,天空飘着薄雾和细雨,似乎什么也没有发生。我们在小房子后面带连廊的开放厨房里烤火。在乡村生活真好;就像这样。妈妈还穿着睡袍,她让玛利亚·艾娃用猪油煎几个荷包蛋,再给成熟的木瓜去皮。妈妈是最美最好的。她的脚穿得下佩莱的拖鞋。她的头发是柔和的金色。她的眼睛像娃娃一样闪亮。西甘尼亚、佩莱和布雷热林亚——她们是一母所生。只有齐托不是;他是表亲。雨中的早晨绿意盎然:雨丝细细绵绵,我们几乎被困住了,在厨房,在屋里,在许多个泥潭中间。可以隐约地看见峡谷、鸡舍、弯弯曲曲的大腰果树、一片山丘——还有远方。小黑狗努尔卡正在睡觉。妈妈自豪地照顾着三个女孩和一个男孩。尤其是最小的布雷热林亚。因为她时不时就会搞些"艺术"。

现在倒是没有。现在布雷热林亚是一个安静的小机灵鬼,坐在装土豆的箱子上。她低着头,两条小胖腿交叠,忙着摆弄她的火柴盒。我们看着布雷热林亚:首先是她的头发,又长又光滑,泛着黄铜的金色光泽;在头发中间,一张小巧的脸庞——不长不短的脸、清晰的轮廓、那么可爱的小鼻子。她的目光不停地游移,一个劲儿地看——雨淅淅沥沥,一片朦胧景象——睫毛一眨一眨的。有人在说话,在细密的雨丝中很难看清,原来是她:"雨这么大,冻死我啦!"然后,她伸了个懒腰,踢到了各种物件。"哎呀你,哎哟!"——原来是滚进了香蕉堆,她的肚脐总是露在外面。佩莱把她扶起来。布雷热林亚接着说道:"……腰果树还开着花……"——她观察到,即使是连日的阴雨、薄雾中的水汽和清晨苍白的天空,也没有妨碍腰果树开花。妈妈在称量糖和面粉,准备做一个蛋糕。佩莱尽力帮忙,勤劳可爱。西甘尼亚在看书;她看书根本不需要翻页。

西甘尼亚和齐托两个人没有靠得很近,他们

前一天大吵一架，闹得不太愉快，最后还是被劝住的。佩莱的皮肤是小麦色，有一双引人瞩目的大眼睛。西甘尼亚是世界上最漂亮的小女孩：她简直就是妈妈的缩影。齐托困惑地想着一些不敢说出口的事，好像是忌妒，他心中的忌妒之情不知道是因谁或因何而起。布雷热林亚激动地跳了起来，欢呼雀跃："我知道为什么鸡蛋像一根竹签了！"她生活在代数的世界里。但她不会告诉任何人她的发现。布雷热林亚就是这样，不是智力有问题；她的秘密无穷无尽。不过，她也有一些小小的烦恼："我今天头脑发热……"——这是因为她不想学习。然后她会说："我要学习地理。"或者："我想知道什么是爱……"佩莱笑了起来。西甘尼亚和齐托只是惊讶地抬起眼睛。他们几乎，几乎对视了，但目光最终没有碰上。西甘尼亚认为自己是对的，噘了噘嘴。齐托不想再继续闹别扭，他无法再忍受这样。如果他偷偷看西甘尼亚一眼，就会发现她突然变得更美了。

"如果不知道爱，我们能读懂那些伟大的小说吗？"——布雷热林亚思考着。"是吗？可你连

《教义问答》都还看不懂呢……"佩莱带着一丝轻蔑说道;但这丝毫不减损她的善意,她捏起一块甜点吃,声音里始终带着微笑。布雷热林亚脸上像涂了胭脂,反驳道:"真好笑!……我可是读过火柴盒标签上的35个字呢……"因此,她想要用优越的方式和热情的表达来提出自己的见解,仿佛这些见解是经过深思熟虑得出的。"齐托,贪婪的鲨鱼是怪异的、明确的,还是蛊惑人心的?"她像个诗人,喜欢用这些严肃的词语,在我们无知的黑暗中点亮一盏长明灯。齐托没有回答,他突然很绝望,内心充满矛盾和自责,他幻想着离开,表现得很戏剧化,雨不停地下,他被愤怒裹挟着。但布雷热林亚有着捕捉微妙事物的天赋:她能抓住这些微妙之处,并将其反映在自己身上——物之本质,人之本质。"齐托,你愿意做一个无名的海盗水手,登上一艘不曾出海的船,驶向远方,遥——远的海洋,成为前所未有的航海家吗?"齐托微笑着,目光坚定。西甘尼亚打了个寒战,握住书本的手指更加用力,她犹豫着。妈妈把碗递给佩莱,让她去打鸡蛋。

布雷热林亚则是把手放在脸上,现在她自己也很激动,无法抑制讲述的冲动:"那位庸敢的[1]航海者体弱多病,却要去发现新大陆。他乘着一艘船走了,他瞒天过海,独自前往。那些地方很远,只有大海。庸敢的航海者想念他的母亲、兄弟姐妹、父亲。他没有哭。他需要也必须去。他问:'你们会很快忘记我吗?'他的船到了启程的日子。庸敢的航海者在缓缓驶离的船里,向外挥舞着白手帕。船从近处驶向远方,但庸敢的航海者没有转过身去背对我们。我们也挥舞着白手帕。最后,再也看不到船了,只剩下大海。然后,有个人想了想,说:'他会发现我们永远不会发现的地方……'然后,又有人说:'他会发现那些地方,但是再也不会回来……'然后,另一个人,想啊,想啊,想了一圈,说:'想必他心中对我们有些怨气,他自己也不知道……'于是,大家都哭了,哭得很伤心,忧愁地走回家,

---

1 庸敢的:此处表示孩子对词语和发音的掌握不像成年人一样成熟。葡萄牙语原文用一个不存在的"aldaz"代替了应翻译为"勇敢的"的"audaz"。

177

吃晚饭去了……"

"你是个'庸敢的'小文盲。"——佩莱举起勺子说。"你是虚伪的信徒!"——布雷热林亚顶嘴道。"你为什么要编这么愚蠢的故事?傻瓜,傻瓜!"——西甘尼亚生气了。"因为结局会变好的,哎呀!"——努尔卡也叫起来。妈妈也生气了吗?因为布雷热林亚踢翻了咖啡壶和别的东西。她还反思着说:"宁可滔滔不绝,好过默不作声。"现在,她闭上了绿色的眼睛,神情庄重,为自己的冒失悔过。只听见沙沙的雨声,像是在煎炸着什么。

清晨是一块海绵。而佩莱一定是一边打鸡蛋,一边向圣安东尼奥念了十遍祈祷文。因为奇迹悄然而至了。天气开始好转。这只是三月——在谱写平日雨水的旋律。西甘尼亚和齐托叹息着。母鸡从鸡舍里放了出来,还有火鸡。努尔卡跑到远处玩。天空又变蓝了吗?

妈妈要去探望病人,佃农泽·帕维奥的妻子。"啊,你带不带我们去?"——布雷热林亚问道。妈妈没有笑,也没有显得漠不关心,只是温柔地打趣道："好意思吗！"她的声音是甜美的元音。清晨是鲜花做的。于是，孩子们请求去看看涨水的小溪。妈妈同意了，她们已经不是需要抓妈妈裙角的女孩了。她们高兴地跳了起来。不过，得有人同去，好确保她们不靠近危险的水域。那里的河流湍急。如果陪同者不是齐托，这个忠诚且有责任心的半大小子，还能是谁呢？空中的浓雾散去了。但他们还是要穿上厚衣服。"哦，这些小精灵！"她在大家面前高兴地叫着，快乐得好像，好像，好像：小鸟姑娘。"上帝保佑你们！"——妈妈说道，像个预言家，声音轻柔如羽。她一说话，祝福就如甘霖般降下。我们就这样分头行动了。

要去那里，首先要爬上山坡，沿着山坡上的小路。就这样，两把伞出发了。一把伞走在前面，伞下是布雷热林亚和佩莱。另一把伞下是齐托和西甘尼亚。雨水只剩余韵，细雨在窃窃私语。努尔卡到处奔跑，黑色身影的快乐小狗，跑了一圈又回到他们身边。如果我们回头看，就会看到那栋房子，白白的，有蓝绿色的线条，是所有房子中最小巧、最漂亮的。齐托把手臂给西甘尼亚扶着，他们的手不时会碰上。佩莱出落得高挑优雅。布雷热林亚穿着她的小外套，如同身披鞘翅般敏捷。她走起路来内八字，活像一只无所畏惧的小鹦鹉。

在翻越小山丘时，齐托和西甘尼亚没有说话，他们各怀心事，沉浸在难以言表的情绪里。是的，他们已经和解，正在体验幸福的感觉；对他们来说，散步只是一次情感经历。现在他们走下另一个斜坡，小心翼翼地走过泥泞滑溜的路面，避开水坑，还要避免踩到一块块蘑菇一样高的粪便——布雷热林亚说"是牛的"。那儿确实有牛在走动："大嘴巴牛"；说着，布雷热林亚摔了一跤。她说妈妈曾说过他们需要具备勇气和智慧。但那是扯谎。于是，她说："现在我衣服脏了，也就不必小心翼翼了……"她和努尔卡一起沿着下坡的绿草地奔跑。佩莱责备道："你是要去找一个勇敢的航海家吗？"不过，不仅如此。氤氲之中，阳光之中，平坦的草坪——绽放开来：遍野的小雏菊，刚刚苏醒，张开一簇簇茸茸的睫毛。

他们期待在这里看到小溪汇入那片小小的河湾。下方，有茂密的竹林和河岸边的石堆，能听见水流的低吼声和咆哮声。因为，大河雄浑壮阔，水流湍急，小溪的汇入口也已经涨满了水，水流激荡，水花翻涌——哗啦啦噗噜噜。"胖嘟嘟！"——布雷热林亚喊道。最后一小片沙地在泡沫的舞动中消失了，美丽的混乱中，泡泡在翻腾。这一切布雷热林亚都见过。她用竹竿插在不同地方，标记不同的点位，来测量上涨的水位。然而，翻涌的水花让她回忆起，她并不喜欢大海："大海没有形状。风不让它有。它太大了……"她抱怨没有带点面包来喂鱼。"鱼，这个时候有鱼吗？"——佩莱怀疑地问。"小瀑布是一面水墙……"布雷热林亚前言不搭后语。她说那条河对面的小岛是鳄鱼岛。"你在那儿见过鳄鱼呀？"——佩莱嘲笑道。"没有。但你也没见过那儿没有鳄鱼。你能看到的只有岛。所以，鳄鱼可能在，也可能不在……"然而，布雷热林亚站在努尔卡旁边，看过这一切的她四处张望，双眼像小鸟一样。水以一千零一种无用的姿态上涨、扩展，不紧不慢。

我们坐在附近，没有坐在地上，也没有坐在倒下的树干上，因为下过雨都是湿的。西甘尼亚和齐托坐在一块只能容纳两人的石头上，无数个小时；就像普通人一样聊天。佩莱采了一束花回来。小雨停了。布雷热林亚又欢呼雀跃起来。她说：今天真是太诗意了。她转向堤岸更绿的一边，尽可能地往远处扔石头，让努尔卡跑去捡。然后，她蹲下来，自娱自乐，看起来像是只穿着一只鞋子。但没过多久，她的小脚丫又动了起来，想让西甘尼亚和齐托听她说话。她看着他们。

——"庸敢的航海者并不喜欢大海！他真的必须要走吗？他爱上了一个瘦弱的女孩。但是海风把他的船连同他一起带走了，装进命运的投票箱。庸敢的航海者什么也做不了，身边只有这该死的大海。庸敢的航海者一直想着那个女孩。爱情是独特的……"

西甘尼亚和齐托微笑着。然后一起笑了。

"天哪！这个话题还没结束吗？"——佩莱转过身，胸前抱着一捧花。布雷热林亚做了个"啊"的鬼脸，还想继续说下去："……水手们到齐了……不，不对。后来，雨下啊，下啊。大海越涨越高，图纸，教练员……庸敢的航海者无路可走，无法逃脱，眼前是破碎的船。船摇摇欲坠……他尚且平安，被恐惧包围着，他如履薄冰，几乎没有时间再去想那个他深爱的女孩。他只能让她堕落……爱情是独一无二的……"

"然后呢？"

"女孩也是一样，在遥远的地方，孤单，伫立，他们两个人站在思念的两端……爱，这就是爱……庸敢的航海者，危机四伏……没有希望了……庸敢的……庸敢的……"

"好吧。然后呢？接下来呢？"——佩莱催她往下讲。

——"然后？然后……然后……我来解释！嗯。然后，他点亮了海上的灯。就这样。他和灯塔的守护人约好的……没错。接下来……"

——"不，不行！你不能在故事结尾加入新

角色呀喂！不如——想想你的'庸敢的航海者'，往那儿想……就是他……"

她四处张望。就是：它——牛粪，很大一块，毛茸茸，半干燥，是牧场的作品，在潮湿的土地上，在绿草尖上——招人厌烦，被人遗弃。在它上面，长着一朵蘑菇，伞柄细长柔软：那顶小白帽，在牛粪上大胆地摇曳着。水流碰撞着岸边，涌出来的水几乎要把它淹没。

布雷热林亚做了个鬼脸。这时，佩莱的花束散开了，几朵花掉在地上。"啊！对了，就是这样！"——布雷热林亚跳了起来，迅速抓住了这些机会。她拾起那些小黄花——非洲菊、金盏花和雏菊——把它们插在那个东西的顶端。"今天没有蓝色的花吗？"——她还问道。大家都笑了起来，西甘尼亚和齐托鼓起了掌。"好了。这就是庸敢的航海者……"——布雷热林亚继续在上面插更多的东西——竹叶、小树枝、木片。那团"属于牛的"东西已经变样了。

突然，远处传来霹雳巨响：一声惊雷和轰隆隆的回响。布雷热林亚太害怕打雷了。她躲到齐托和西甘尼亚身边。还有佩莱,温柔的佩莱。她说:"怎么?故事不继续了吗?结束了?"

"那好吧,我重新讲。庸敢的航海者,他爱着那个姑娘,要重新开始了。嗯。他突然为自己的恐惧感到羞愧,变得庸敢起来。他倾尽所能地纵身一跃……抓住了远处的那个女孩,把她紧紧抱在怀里……就这样。这是大海万万没有想到的。哈!庸敢的航海者,完成。现在,真的结束了:我写下了——'全剧终'!"

其实,海水已经逼近"庸敢的航海者",第一波海浪就击中了它。"它要出海了吗?"——布雷热林亚焦急地问。她站得很直。一阵微风汩汩流过——轻拂她脸颊、嘴唇、耳朵和头发。雨在远处,尚未到来。

西甘尼亚和齐托悄悄地站在现实的两端,彼此挂念。"今天真美好,不是吗?每件事、每个人都那么好,我们都很开心……我喜欢这样的天气……""我也是,齐托。你会常来这里吗,来很多次?"——她问。"如果上帝愿意,我会来的……"——他答。"齐托,你能像勇敢的航海者一样吗？去发现别的地方？"——她问。"或许是因为那些地方更美他才会去吧，谁知道呢……"——他答。他们两人相互诉说，小小的话语包含着大大的事情，你之于我，我之于你，情意绵绵。然而，幸福之中，他们心中仍然有什么在涌动，猜不透——类似玫瑰、爱情、刺、追怀。

而"庸敢的航海者"，水流湍急，来来往往，涌起的泡沫将它包围，渗透已经开始。这样它就能环游世界了，虽然它现在还稳稳地站在陆地上：土地还束缚着它，让它无法挣脱离开。布雷热林亚为它增添了装饰，就连西甘尼亚和齐托也来帮忙。还有佩莱。它变了样子，色彩斑斓，造型奇特，缀满树叶和鲜花。"它要去发现新大陆了……""——不，布雷热林亚，别拿正经事开玩笑！""——啊？什么？"然后，西甘尼亚依依不舍地提议："要不我们让它捎个口信？"带点什么东西给大海吧。大家都想这么办。齐托放了一枚硬币。西甘尼亚放了一枚发夹。佩莱放了一块口香糖。布雷热林亚——吐了点口水；这是

"她的风格"。那么,那个故事呢?还有时间复述真正的故事吗?有的:

——"现在我知道了。庸敢的航海者不是一个人走的;对了!他和心爱的女孩一起登上了船,严格地说,他们走进船舱。没错。从美学角度讲,大海与他们同行。他们没有独自航行,船变得越来越美,越来越美,船……就这样:变成了一只只萤火虫……"

好吧。天地之间,轰然一声,这可怕又不可抗拒的惊雷啊。雷声更大了。布雷热林亚和雷神都在哽咽。她像是要掉入一个"无人涉足"的深渊——雷鸣的缺口?努尔卡吠叫着,为她求援。西甘尼亚、佩莱和齐托也赶来帮忙。不过,花丛后面,一位出人意料的仙女比他们先一步出现。

——"妈妈!"

她扑进了妈妈怀里。妈妈抱住她的小脑袋,像松鼠抱核桃一样。布雷热林亚踏实地笑了。佩莱喊道:

——"看!现在!'庸敢的航海者'出发了!"
——"呀!"

——"啊!"

勇士!它出发了。摇曳着,舞动身体,泡沫和水流把它带走,庸敢的航海者永远离开了,顺流而下,顺流而下。它的叶冠、花环和那朵优雅的大蘑菇,一滴水落在上面,一滴小小的露珠——在干牛粪顶峰闪耀。

布雷热林亚也为之动容。不过,她很快恢复了平静,说道:"妈妈,现在我更确切地知道:鸡蛋真的就像一根竹签!"

雨,又下了起来。

他们熟练地撑起了伞。

女善人

我知道你们没有注意到那个女人；也不可能注意到。这里的人住得太近，在这样一个树影斑驳的小村庄里，我们习惯了人是慢的。我们不会重新审视不值一看的事物。你们还是认为她不值得被注意吗？如果是，那就是吧。你们甚至没想过；也没怎么问过。为了什么？那个女人——贼头贼脑、病病恹恹、满身污垢、怨天尤人、又老又丑、疯疯癫癫、对自己的罪行毫无悔意——她是一位盲人的向导。你们所有人从未怀疑过她在最封闭的环境中承受一切，是否会走向极端吗？

你们至少知道她的名字吧。不；我问过了，没人知道。大家只叫她"母骡"，这个被人厌恶的女人。她被腰痛缠身：走路时蹲着；膝盖朝前。即使在大街上，她也像是生活在密林之中。她经过的任何地方都显得很狭窄。你们看到的她，总是那样——瘦得可怕，长长的骨架像被水蛭吸干了血，双眼深陷，头发如狼毛般凌乱，面容憔悴——光影在她脸上没有任何效果或者突显作用。她是否知道，自己这副样子着实吓人：让你们害怕的，不正是她那守斋者一般饥饿的咽喉和巫婆作祟一般的举止吗？有时，她的下巴会颤抖。你们看她踮脚走路的步态，如同一匹不祥而孤独的母马；还有她那与生俱来的谨慎。一点没错。

你们难道没有怀疑过，自己可能把所有事情都搞错了，被蒙蔽了？你们还说她藏了钱，说钱是从盲人收集的乞讨钱里偷来的？换句话说，她可能很富有，是的，她拥有命运，可怕的命运。她长得也不算丑，如果你们能从肮脏凌乱、粗鄙嘲弄中看清她的五官，就会发现这一点；不要盯着她的皱纹，那不是年龄所致，而是紧张和压抑造成的表情纹。好好回想一下，努努力。想想她为数不多的言语、动作和行为，你们会发现，她是个精明而机敏的人。她以前犯的罪？但我总是听说，她杀死的那个人面目可憎，是个衣冠禽兽和可怕的祸害，对这里的居民来说是巨大威胁和惩罚。从我知道的进行判断，你们亏欠她的太多了，虽然你们从未意识到，也从未表达过丝毫感激。一切都是有代价的。那么，为什么要用那些陈年旧事引导别人对她进行误判呢？

盲人粗鲁地乞讨。他咒骂、抱怨、不耐烦，用拐杖敲开一家家房门和售货柜台。尽管如此，你们还是尊重他，没见过谁不理他、责备他或斥责他，将他置于无足轻重的地位。是出于怜悯，还是有所顾忌？更多的是，你们仿佛在他身上看到了一种模糊的灵魂权威，一种权力的特质。他被叫作"瞎子"，仅此而已。就像"母骡"，他们俩一样：都是以绰号为名字的可怜人。难道你们看不出来吗？否认他们的基督教名字，反而赋予了他和她一种异乎寻常的存在感，这已经形成了一种特殊的效力。

"瞎子"脾气暴躁，骂骂咧咧，乞讨时又霸道又专横，没人愿意跟他浪费时间，钱、吃的、上帝的面包,他要什么就给什么。"他才是个祸害!"——厚颜无耻、卑鄙下流的无赖。可是,只是偶尔才会有人这样远远地在背后发泄情绪。这个坏人,长着一张杀人犯的脸。破衣烂衫下面挂着一把大砍刀。他肆无忌惮地伸出他的大手。扯着狗嗓子大喊大叫。如果有人说话或者大笑,他就会停下来,等待安静。他非常注意周围的声音。但也不是什么都能听见;他既不会,也不能。

他也会害怕;这一点你们从未怀疑过。他害怕她,那个引导他的女人。"母骡"只是用简单的音节,几乎是从牙缝里挤出来一声"哎"或者"喂"来召唤他——"瞎子"就会从别处挪过来,在她的帮助下摸索前进;刀鞘系在他腰间的绳子上,大砍刀摇摇晃晃。我知道,他轻轻地晃动了一下身体。他们走在街上,拐进小巷,结伴而行,两人组成了骇人的队伍。鱼找鱼,虾找虾,物以类聚,有什么样的狼,就有什么样的狗。他们彼此厌恶,这种不搭调的相处模式,他们是如何达成的呢?搁置他们之间的坚冰?"瞎子"

是她的亡夫"蒙本戈"的儿子,"蒙本戈"是被"母骡"杀害的。

"瞎子"高大强壮。"母骡"领着他,他现在走得很稳,身体不摇晃了。你们说他酗酒?但你们自己看看,这些谣言掩盖了真实情况。所有人都知道他从不喝酒,因为"母骡"不让。她根本不用向他下达禁令:只需要一阵可怕的沉默。他就会遵守,就像套着项圈的动物一样。"瞎子"忍受着淹没他的欲望,无法解开。他在酒馆门口热切地嗅着酒精的气味。他表面还是一副忘恩负义的样子,心里愤怒又沮丧,老鼠的牙齿啃咬着他。他自己也不知道为什么不能喝酒,那又不是——啊,没错!——人血。因为他的饥渴和痴醉是致命的,是别人的噩梦,远远超出常人的理解。他的灵魂是上帝赐予的吗,你们确定?谁也不知道。也许他是另一种存在——鬼使神差、蒙受耻辱和命运不济的存在。故事有很多版本。无论如何,就他所经历的惨状而言,确实是他父亲的翻版;而且他也是"恶犬",现实的确如此。

如果他父亲"蒙本戈"与"母骡"相处融

洽，如果她需要他，就像穷人彼此需要一样，那她为什么要把他杀了呢？你们从未考虑过这一点，就把罪责推给她。为什么你们如此毫无根据、如此懦弱，既不去理解也不敢承认？但是，当她没有明确的外部理由就把丈夫杀了，这里所有人都松了一口气，感谢上帝。现在，我们终于可以过上安宁的生活，灾祸突然间消失得无影无踪，多么令人庆幸。"蒙本戈"；他被迫转移到另一个世界，就像灵魂坠入了地狱。但你们并没有给她回报，"母骡"；相反，你们让她在嘲笑和苦楚中饱受折磨，忍受着无声的悲惨，就是这样。她杀了丈夫，自己也害怕极了，惊恐在她身体里回流，她崩溃了，恐惧几乎使她全身僵冷，发出狗的嚎叫。她没有笑。你们这些没有听到她没有笑的人，甚至不敢正视记忆中那笑声的谵妄。

如果我说出我知道的事和你们的想法，于心不安的你们一定不会高兴。也许你们甚至不让我解释就会结束这个话题。那个女人必须要杀人，她必须用自己的双手完成所有人需要的善举，只有她才能成为执行者——那项至高无上的工作,是别人想都不敢想但又在心中默默祈求的。唯独她,"母骡",她来到这个世界的命运就是爱那个男人和被他所爱;他们是一起来的。为什么?在我们身边,最浓重的阴影一直存在——那就是平凡。"母骡"和"蒙本戈",在他们的感情中,是否预见了制裁和判决?他确实害怕她,他对她的爱使他听命于她。可怜的"母骡",她比任何人都更敏感,她下意识地感同身受所有人的威胁、困扰和失去亲人的恸哭,而"蒙本戈",掌握着不知谁赋予的权力,残忍地拿他们献祭。如果只有她能杀死那个属于她的男人,她就必须杀死他。如果她不这样做——如果她拒绝满足所有人时时刻刻孤立无援的迫切祈求——她会发疯吗?煤炭的颜色是一个谜;它是黑还是白,取决于我们怎么看。

我又一次看到他们沿着那条冷漠的街道走来,两个衣衫褴褛的人,游离在所有人的模范生活之外,与我们这片宁静之地的所有居民格格不入。"瞎子"向前走着,假装很有把握,不让"母骡"抓住拐杖的末端,她只是走在前面领着他,他跟在后面,根据她的动作和空气的流动判断方向——如同鸟群列阵飞翔;或者说,他感知到的是前方那个女人生动的本质,她灵魂的影子,他能闻到她的气味,像狼一样?请注意,盲人"瞎子"总是高昂着头,带着一种无法解释的骄傲:他来自一个充满骄傲的国度,拥有恶毒的天性和震慑人的权力。他戴着一顶平顶帽子,不是白色也不是黑色。你们看到过,当他最激动的时候,特别是他长时间手舞足蹈、恶狠狠地向人们急切讨要施舍时,这顶帽子从他的头上掉下来多少次。但你们注意过"母骡"是如何从地上捡起帽子,用手指擦干净,然后交还给他的吗?那顶帽子他从不摘下,因为他不尊重任何人。我知道你们对她毫无兴趣,没有注意到她是如何行走、感受、生活和做事的。你们注意到她看着每家每户时那种坦率的眼神了吗?那种没有乞讨者的阴郁的眼神?她看向孩子们时,也不会带有那种对成年人的阴暗。她用敬仰的单纯看待一切。但是你们不会喜欢她,甚至无法容忍她的靠近,因为你们不知道命运是如何将她与大家隔离开来,使她孤立无援的。她以自己的责任心化解了原本应该只针对那两个男人的仇恨。你们说她罪有应得:是吗;所以呢?不过,这一点,以后不要再提,也不要告诉我:披着羊皮的狼;好好看看吧!有些负担,是别人在承受,这就是生活。

但即便如此,没有人真正了解他们之间到底是什么样的关系——他们在单调的街道上,穿着破旧的衣服,默默无言地漫步,仿佛游荡于人生的废墟中:你们只看到他们的滑稽与荒唐。是因为他们只是互相憎恶和咒骂,像狼对狗一样,彼此厌恶和敌视吗?他们在召唤魔鬼吗?还是说,存在着某种隐秘的共融——假使有:邪恶灵魂的兄弟情谊,一群狼和一帮狗?不,不是仇恨;那是误解。她不是这样。她照顾他,引导他,照料他——如同对待一个更为不幸、更为凶猛、更为脆弱的存在。自从她的丈夫"蒙本戈"去世以来,她就照顾着他。她一直在尽责地照料他,没有寻求安宁。她没有孩子——"她从未生育过……"你们责怪她。你们,或许,希望她也能消失在无尽的虚无中,像她杀了丈夫后那样。你们因此憎恨她。

那么,要是她真死了,你们,或者说我们,会怎么样?会落入那时还未失明的"瞎子"的手中;而他会像他父亲一样嗜血、残暴——成为拒绝上帝的犹大,邪恶,凶残,令人恐惧。

那时候"瞎子"的双眼仍然健康:能反射出无法避免的仇恨,能射出毒箭,并且能从中挑选出最容易、最脆弱的受害者。就在一个平常的日子里,他突然失明了。你们知道这是怎么回事吗?你们曾经探究过原因吗?你们应该知道,有些植物的汁液和粉末有毒,可以悄悄地剥夺视力,让那些不应看见的眼睛失去光明。仅仅凭借这些手段,不需要更多,"瞎子"就会变成一个几乎无害的人,一个废人。而你们,这个地方的善良居民,就可以免受他无休止的恶意和威胁。也许,他不必像他的父亲"蒙本戈"那样被诅咒而死。也许,我在想,如果有人事先想到了这些致盲的草药,或者那时已经知道它们的使用方法和效果,那么,"蒙本戈"也不必被杀死。如果是那样的话,现在"母骡"就会带着他们两个人,穿行在街上,用她那可怕的爱的责任照顾着他们,就像照顾她想要却从未生育、也永远不会生育的孩子一样——一个听话的死人和一个受阻的盲人。她会尽力遏制他们可能的恶行,给予他们她那古老语言中所说的:庇佑和照拂。然而,你们从未听过她的声音——她的沉默之声。

连盲眼的"瞎子"都害怕那罕见的声音。你们知道这有多荒谬吗?即使是一个瞎子,也知道需要转头避开这个可憎的女人。"瞎子"转向他内心憎恨的理智、安静的人们,恨他们的冷漠与和平。他需要杀戮,才能彻底释放自己,获得解脱和满足。但他做不到,因为他只是个瞎子。于是,"瞎子"煽动着怒火,辱骂、咆哮、嘶吼——像狗一样在喉咙里咆哮。他知道自己属于另一种族,源自那恐怖且无形的存在;他还不懂得因恐惧而驯服的温顺。所以,"瞎子"陷入了失明带来的无力感;如今,若愤怒进一步蒙蔽了他的双眼,他就无法伤害任何人了,是吗?"瞎子"自言自语地低声咒骂——他在冒犯那些他看不见的东西。对他来说，由于失明，我们的世界已经变成了某种超然的存在。若非如此呢？有人愿意冒险去给这发狂的狗戴上枷锁吗？你们还能责怪这个女人——"母骡"，审判她，认为她应受谴责吗？如果你们不了解她，也不了解他，那就让他们去吧。每个人都有自己的卑鄙；也都有自己的高尚。

仔细看看她是如何处理自己的情感的。是的，她是那么不起眼，你们可能注意不到。但是，如果你们留心观察，至少能发现她不会鲁莽地拿起任何东西；即使在街上看见地上的碎玻璃，也会小心翼翼地弯腰捡起来放到一旁，以免造成危险。她常常低着头。因为她为了丈夫而低头，她的已故丈夫；她能低头，是因为她在没有让他多受折磨的情况下杀死了他。如果她没有杀他，他会让自己陷入更深的罪孽吗？她把搅乱秩序、懒惰吵闹的"瞎子"从酒馆赶走。这是他们之间唯一的对话：一声咳嗽和一句咒骂。他像狗一样跟着她。他们走了；你们从未真正观察过他们，我们也无法追踪那些模糊的事实。他们生活在一种令人恐惧的沉默中,如此紧密地依偎着,栖身于隐秘之中。光明属于所有人;黑暗才是不同的孤绝。

你们说,在过去的一段时间里,他们之间有过不正当关系。是不是无稽之谈?你们知道这是假的,但人们总是喜欢接受这些简单、能让人安心的假设。你们知道"瞎子"脾气暴躁,行为乖戾,而她耐心地带他去找女人,自己则在外面等着,确保他不受欺负。然而,这都是很久以前的事了。如今他已年老,变得憔悴,头发花白,帽子掉了的时候,那些白发格外明显。这些年,我们不再关注他们,不再调查他们。"瞎子"有些萎靡,身体瘦弱,精神不振。似乎与此同时,他对"母骡"的恐惧也在改变和加深。他对于生活的广泛而激烈的怒气也在衰退:他不再像从前那样强硬地行使他的权利——那种凶猛的乞讨权利。

似乎是他的恐惧让他向"母骡"低声抱怨、哀求。然而,她对他日渐宽容,对他的无能心生怜悯。但他不相信她,也无法理解她,更不信任我们。人与人之间的感情交流常常充满了夸张、误解和延迟。他装模作样、漫不经心地低声请求宽恕，你们注意到了吗？"母骡"听到了，但似乎没有表现出来。她避开了他的目光。我知道，你们什么也没注意到。而且，现在，你们感到稍微安心了一些，我们也都放松了。相信我们很快就会摆脱那些我们不喜爱的、令人厌恶的事物。

有人告诉我，他曾想杀了她。在他恐惧加剧的时刻，究竟发生了什么？当他生病、发高烧时，身体已经很虚弱。他坐在人行道边上，喘着气。突然间，他站了起来，没有拐杖，神情恍惚，吼叫，咆哮：就像一只突然被惊醒的恶犬在狂吠。他抽出刀子，猛地挥舞，盲目地向前冲去，试图用狂怒攻击她。而她，站在原地，一动不动，她不害怕吗？她看向否定的方向。如果她真被刺中，可能血肉模糊。但他渐渐意识到，尖刀永远无法伤害她，他感到无助和孤独。他害怕了，从头到脚。刀从手中掉落。他的恐惧没有双眼可以看见。

他似乎在呻吟和哭嚎："妈妈……妈妈……

我的妈妈!"——他嘶哑地哀求,瘫坐在地上,盛怒已然平息;他颤抖得厉害,就像狂风下的牧草。他已经到了绝望的边缘,这一点可以相信。"母骡"走过来,没有说话,也没有低声细语。她捡起他的帽子,掸了掸灰,重新戴到他头上,然后把刀拿回来,放进他腰间的旧鞘里。他因痛苦和颤抖而缩成一团,像一只来自森林深处的动物。据说,她眼中含着泪水;她用沉重而充满温柔的语气说:"我的孩子……"然后她看向一边,又说了些什么,像是在对另一个人说话;她也在抽泣,为她重新得来的丈夫"蒙本戈"而抽泣,为她自己的行为抽泣。她说的话,你们不想知道,这些都是混乱的魔障,你们不明白。如果不明白,又有什么意义呢?如果没有人能理解别人;也永远没有人能理解任何事物;这才是现实的真理。

是的,他们两人一直待在那里,直到黄昏时分,甚至整个夜晚,在亲密的孤独里,在围墙边缘。有人去帮助他们了吗?据说他遭受着极度的痛苦,如同承受着过于严厉的惩罚,喘不过气来,但还没有陷入彻底的绝望,只是不断地挣扎。没人看见他在黎明时分,发出了最后的痛苦呻吟。是的,但是你们坚信,并且严肃地断言:她,"母骡",在黑暗中窒息地掐死了那个可怜的人,停止了他的痛苦,她的指甲和手指在死者的脖子上留下了可见的痕迹。之所以没人控告她,也没有人将她逮捕,是因为大家对她的离去感到无比的解脱——她静静地、如往常一样,在墓地里为"瞎子"做最后的送别。你们依然在远远地憎恶她吗?

她走得很苦,没有和任何人告别,步履蹒跚、疲惫不堪。也没有接受任何自发的施舍。你们看着她离开,没有给她任何施舍:就像驱赶一只山羊——让她赎罪。她面目丑陋、偷偷摸摸,像一匹瘦狼。你们如此心狠,把她驱逐。现在,你们不打算去寻找她的尸体,在哀悼和悲泣中将她庄重地安葬吗?找到她的尸体不会很困难,不会在很远的地方。她正朝着某个遥远的地方,孤独而坚毅地走着,她能走很远很远。现在我要说的事情,千万不要忘记,把它记住,告诉你们现在的或者将来的孩子，向他们讲述你们用自己可怕的眼睛看见的却从未阻止、从未理解和从未感激过的事情。她在离开的时候，看到了一只被遗弃的、已经开始腐烂的死狗，就在街角，她背起了它，带着它离开——是为了清理街道上的恶臭，还是出于怜悯想要把它安葬？或者是为了在她孤独而伟大的死亡时刻，有一个可以拥抱的人或生物？请你们想一想，同时向她寄予哀思。

喧哗与骚动

清早,所有的猫都披着光亮的皮毛,而我穿着正装,站在本不该出现的大门外,等待着送报纸的小男孩,这时候,那位先生出现了,与我和附近大概是偶然经过的两三个人擦肩而过,他看起来整洁、干练,可以说暂时是无可挑剔的。然后,世上的传奇再次浮现,对我们这些生活在城市里的人来说,奇异的事件接连上演,充斥着这爆炸性的一天:熙熙攘攘、匆匆忙忙,热闹非凡。

"噢,先生!"——有人喊了一声;或者有人挑事:"呵,苏族人!……"——依我之见,都有可能,因为我当时正聚精会神又心不在焉,回顾着自己那些张冠李戴的私事,这就是生活的素材。不过:"噢……"——刚刚经过的那位绅士竟然捅了一个无辜的路人?!我突然看见了这一幕——准确地说是它跑进了我眼里。不。刚刚发生的其实是——我再仔细一看——原来他是个扒手,手法不太准确,而且鲁莽。不过,从这时起,我们内心的悠然就被不可挽回地打破了,一连串的好戏即将上演。

"好家伙,穿得像模像样……"——比洛洛博士的司机惊讶得从车里探出头来,他原本一直在车里打盹儿。报童正好赶到现场,做证说:"他从别人胸前的口袋里偷走了那支钢笔……"而被追赶的男人跑得飞快,横穿广场,越跑越远。——"抓住他!"于是,就在广场中央,耸立着一棵可能是最高大、最雄伟的棕榈树王。此时,此刻,衣冠楚楚的男人没有被它挡住,而是连鞋子都没脱,就扑上去抱住它,他贪婪地抱住树干,飞快地往上爬,身手矫健,令人难以置信,几乎是在空中攀升。那是一棵棕榈树,还是一棵棕榈树,还是一棵棕榈树?——哲学家大概会这么问。而我们的主人公,无知无畏,已经爬到了树顶,还很顺利。他站了起来。

"这棵树!"——我动了动身子,眨巴着眼睛,尽量恢复清醒。因为我们的主人公,笔直向上攀爬,像啄木鸟一样优雅,没有一点失误,他像乌鸫落在树冠上,在空中的荒野停驻。追赶他的人停了下来,和我一样惊讶,站在底下一动不动,仰望着那棵无边无尽的棕榈树——像一道墙。天空只有蓝宝石的颜色。地面上,已经数不清聚集了多少人,人和人成群结队地从四面八方拥进广场。我从没想过,这么一大群人,无缘无故竟然能这么快就聚集起来。

我们的主人公,真可以说是风光无限,突然间平步青云,繁花似锦:此刻的他已经不是从前的他了。"有两下子啊……"——这次对他评头论足的不是司机和报童,而是小教堂的神父,他饶有兴趣。其他人则从头到脚地骂骂咧咧,呼喊着什么魔鬼或是警察,甚至有人在问是否需要用到枪。而那个人似乎乐在其中,像是在欢叫着哈利路亚,声音洪亮有力;他能排除万难让别人听到自己的声音,还真是令人敬佩。他在讲关于钢笔的事?那么,他就是一个大胆的推销员,在兜售这些钢笔和自来水笔。不过,我想他选错了地方;如果有人到我们研究所门口表演这特技杂耍,我倒不觉得这是什么丢脸的坏主意。不管怎么说,这次冒险非常成功,我也是人,当然也凑过去看了表演。

可正在这时,有人叫我,是阿达尔吉索,他一如既往地严肃,只是这次抓住了我的胳膊。我被推着拉着,匆匆穿过广场,朝那个混乱的中心奔去。因为我们穿着工作服,人群勉强给我们让出了一条不太规则的通道。"他是怎么逃走的?"——大家都在问,群众的眼睛蒙不住。我终于不得不承认,唉,我才是可怜虫。"怎么把他抓回去?"——没错,我和阿达尔吉索就是值班的实习医生,真是倒霉而又奇幻的一天。

阿达尔吉索没有急着悄悄告诉我:我们的主人公并不是我们的病人。片刻之前,他自发地现身,独自一人,流露出不幸的神情。——"外表和面容并无异常,甚至言谈举止最初也表明他精神高度正常……"情况非常非常严重。人群向我们逼近,我们处在气旋的低压区。我们被人群包围，仿佛置身于飓风的低压区。——"他说他是清醒的，但看到人类已经陷入疯狂，并即将更加失控，他决定自愿住院：这样，等情况比地狱更糟糕的时候，他已经在这里得到了保障，有了住所、治疗和保护，而这些都是外面的大多数人无法得到的……"——阿达尔吉索正要为这个人填写档案，这时他也没有为自己的疏忽大意而自责。

"你惊讶吗？"——我回避道。事实上，这个人不过是夸大了一种古老的理论：达尔塔涅教授的理论，即便对我们这些学生，他也声称我们中有四成是典型病例，在潜伏期；剩下的很大一部分无非是更难诊断的情况……然而阿达尔吉索在我麻木的耳边低声说："你知道他是谁吗？他自报家门和职务。桑多瓦尔认出了他。他是公共财政司司长……"——阿达尔吉索震惊地低声说道。

人群突然安静下来，好像是故意的，这让我们更加紧张，目瞪口呆。我们无助地向上看去，天空显得高不可及，古老的蓝色冷漠地俯视我们。然而，那个人，在高处的象牙塔，在绿色的、挺拔的棕榈树间,火箭一般迅速地完成了他荒谬的举动。我简直要昏过去。谁又不是呢,在这种情况下,面对这么严肃的事情,对我们来说,大跌眼镜,汗毛竖立。这是一种超人般的个人行为,一个超凡的时刻,一次英雄般的事件。——"桑多瓦尔会联系院长、警察局、市政府……"——阿达尔吉索肯定地说。

话说,棕榈树不像杧果树那样枝繁叶茂,也不像乳香黄连木那样稳固舒适。那么,不管他是不是政治家,也不管他是健康还是生病,他怎么能在树上待这么久呢?他没有失去平衡;恰恰相反。他居高临下,懒懒散散,这个大坏蛋,除了有点疯,什么也没做。他做的唯一一件事就是遮挡阳光。就在这时,他大声喊叫,开始胡言乱语,显得更加自我满足:"我从来没把自己当成一个人!"——他对我们嗤之以鼻。他停顿了一下,又重复了一遍。接着说:"你们都知道我是假冒的!"这是在回应我吗?他笑了,我也笑了,人们笑了,我们都笑了。笑声在人群中传开。

阿达尔吉索没有笑:"你看明白了吗?我不懂政治。"——他没有说下去。——"狂躁兴奋,精神错乱……急性狂躁,谵妄……难道现在最重要的不是对症下药吗?"——他自言自语着。嘘,那个风风火火,引起一片喧哗的低语和骚动的人是谁?原来是院长:他出场的排场十足。为了开路,警方的人也纷纷到场——警察、卫兵、侦探、专员和局长——好维持秩序。还有白大褂们,跟随院长来的护士、担架员、桑多瓦尔、神父、伊尼亚斯医生和比洛洛医生。他们带了拘束衣。所有人的目光都聚集在我们的"棕榈树王"身上。院长主持着大局:"不必大惊小怪!"

达尔塔涅教授的观点截然相反,他斩钉截铁地回应道:"混乱型精神分裂症,早发性痴呆,如果我看得没错的话!"不仅出于学术理论的争论,还因为自傲,他和对方互相看不顺眼;他们除了势均力敌,好巧不巧,还一个是秃顶一个不是。这时,院长抛开科学,以权威的姿态反驳道:"你知道那位绅士是谁吗?"——并用低沉的声音说出了那个头衔;听到这话,周围的群众里,有些聪明人已经领悟到其中的含义。达尔塔涅教授随即找补道:"……不过是暂时的精神紊乱,并不会对他的民事能力产生任何影响……"——他指的是中毒或感染。即使是智慧超群的人也会对他信仰的东西产生误判——我们以为自己把眼睛擦亮了,实际上并没有。于是,每个人此时都像是一头愚蠢的动物,或者引用俗语就是:呆若木鸡。因此,也有充足的理由解释,担架员们为什么依然没有放下担架。

因为我们高尚的主人公再次高喊道:"活着是不可能的!"——这像是一个口号;每当他打算发言时,人群就会立刻鸦雀无声——成千上万的人。他没有忘记加入肢体语言:做出一个——像是握着雨伞的动作。他用这种灾难性的激情威胁什么,威胁谁呢?"活着是不可能的!"——这句经验主义、无神论的话,只不过是以自我为中心的逻辑罢了。不过,当他说这句话时,完全不像一个荒唐的笑柄,也不像一个疯癫的骗子,而是用一种坦率、慷慨的语气。他是在揭示一个对所有人都有益处的事实,向我们——这些地面上的生物——传达真正的真理,告诉我们他已经从中超脱。的确,生活本身似乎就是不可能的。我也曾这么认为。在这种情况下,宇宙的每一个角落都必须不断地发生巨大的奇迹;而这正是正在发生的事实。就我而言,我无法拒绝对这个人产生一种模糊的理智共情,他现在是抽象的——他成功地否定了自己——达到了公理的顶峰。

七位专家,七双权威的眼睛,从地面上注视着他。现在——"看什么:怎么办?"院长指挥我们开会,另一边,警方尽力给我们腾出一片小得可怜的空地,用警棍和毫无耐心的劝诫驱散人群。然而,这位杰出的人物成了我们所有人的困扰,他表现得很坚决,似乎是一切灵魂的化身:遥不可及。因此——他也无法医治。必须劝他下来,必须用合适的方式把他从上面弄下来。可他并非唾手可得,也不会被甜言蜜语或草莓吸引。"怎么办呢?"——我们全都犯了难。就在这时,院长果断地说:"叫消防队来!"一锤定音。担架员终于放下了手中的担架。

随之而来的,是一片嘘声。幸好这嘘声并非

针对我们,而是针对我们掌管国库的公共财政司司长。他处在风口浪尖上。随着众人的议论,大英雄的身份迅速传开了。人群中开始出现零星的讥笑声和叫喊声,随后,这些声音一个接一个,滑稽地爆发出阵阵喧闹。于是,群众的声音响彻云霄——"煽动者!煽动者!……"——抵触的呼声铿锵有力。"煽动者——!"喊声愈发清晰,啊,我的天哪。潮水般的呼喊从成千上万的人口中涌出,他们站在那儿,冷酷无情——回应着巴西三月份的酷热。我确信我们当中的一些人,包括我自己,也在声讨。甚至能看出来,桑多瓦尔隐忍的外表下也愤怒不已,这大概是他生平第一次生气。达尔塔涅教授责备我们说:"难道一个政治家没有患上精神疾病的权利吗?"——口气高傲而不屑。甚至连院长,作为一名精神病学家的信念和尊重也有些动摇。这样看来,我们可怜的主人公可能会输掉这场游戏,要是他不能把名声提升到顶峰的话。蛊惑人心……

他做到了——真是一着险棋。就在那一瞬间,他轻轻动了一下,一个不经意的动作,肯定有原因。接着,他扔下来……一只鞋!真棒,就一只鞋——没了——并且动作非常优雅。这个戏剧性的动作并不吓人,而是产生了极大的滑稽效果。显然,自这只鞋子从高处扔下来,在空中划出弧线,到它优雅地落向地面,人群中的反应是一波接一波。正如比洛洛博士所说:"他是个天才!"——因为大家感受到了他的奇妙,为他鼓掌,热烈地欢呼:"好!好!"——人群兴奋极了,又看向他。"天才!"——大家关注着他,为他喝彩,献上海浪般的掌声。为了圣西蒙!毫无疑问,他是一个洞察力出色和对时机高度敏感的人物角色。因为,没过多大会儿,另一只鞋也落了下来,只不过,这次不同,它垂直下落,急促,锋利——没有任何弧线。这是一双泛黄的鞋。我们的主人公在这场演出中——作为优雅的创作者——赢得了热烈的喝彩,实至名归。

消防车的警笛声盖过了喝彩声:刺耳的笛声艰难地穿过拥挤的人群,从一片喧闹声中驶入。消防车停在那里,车身通红,像一只龙虾,或是耀眼的朝阳。为了给消防员腾出足够的操作空间,狭窄的空地被扩展开来;他们的到来增添了一些令人振奋的气氛,赢得了热烈的掌声。这时,他们的指挥官与警方还有我们展开了交涉。他们把第二辆长的消防车作为梯子的基座:这是这次行动的移动设备,可以展开,部署高处,堪称关键的机械装置。现在,行动即将开始。军人般精确的节奏和动作,随着号角声和哨声进行。他们出发了。面对这一切,我们这位——暴露在外、引人注目、愤世嫉俗的病人——又会说些什么呢?

他开口了。"丑事变得有趣了……"——他巧妙地理解了我们的计划,敏锐地察觉了;他采取了一种防御性的模仿行为,表现得既聪明又有些疯癫。我们的解决方案似乎并不适合他。"用不着木马,我不会上当!"——听得出他语气里带着强烈的特洛伊式幽默和智慧女神雅典娜的怀疑。他接着说:"你们想趁我还没成熟就把我吃掉吗?!"——这只是一句模仿的台词和病态的自我保护,虽然没有与之前的话冲突,但也收效甚微。即使不借助梯子,这些优秀的消防员也足够勇敢，能够攻克这棵棕榈树王，把它拿下：其中任何一个人都精通这项技术，不亚于任何安的列斯群岛人或卡纳克人。毕竟他们还有绳索、铁钩、支架、踏板和可固定的平台。随之而来的是比之前更大的期待，谈话断断续续。沉默占了上风。

但我们的主人公没有沉默，他抗议道："停！……"他做了一个更激烈的抗议手势。"除非我死了才会下去！"他不是在开玩笑，不容拒绝的语气，如同神谕。他的反对让我们这边犹豫不决，举棋不定。他继续说道："你们上来，我就跳下去……就从这里跳下去！"他非常兴奋地说着这些话，同时穿梭在茂密的棕榈叶中，好几次几乎失去平衡，像是悬挂在一根细线上。他又用沙哑的声音补充道："会叫的狗不哑巴……"——如果他脚下的树枝再细一点，警告就会变成令人同情的惨剧了。他似乎只靠膝盖紧紧抓住某个极其狭窄的支点：他的棕榈树，他的灵魂。啊……几乎，差一点点……差不多，差不多……我的汗毛都竖起来了。不，不可能。

"他是马戏团的演员吧。"有人低声对我耳语——是伊尼亚斯医生,或者桑多瓦尔。这个人什么都能做出来,我们对此毫无把握。他是否在演戏?他会不会有什么消失术,能让自己从魔鬼手中逃脱?最终,固执的他做出了决定,他毅然决然地站得更直了。死神来到我们身边——他的战鼓已经轻轻敲响。我们陷入了恐慌,感到一阵寒意。这时,大家紧张地站在主人公那边:"不!不!"——群情激奋——"不!不要!不要啊!"——雷鸣般的骚动。广场上的呼声响彻天际。必须拖延时间,否则这场自证式的自杀就会发生——这样就能彻底解决问题吗?院长引用了恩培多克勒[1]的典故。地面上的指挥官们达成了一致:眼下最好不要采取任何行动。第一次救援

---

1 恩培多克勒,公元前5世纪的古希腊哲学家、政治人物、诗人,相传他还是医生、医学作家、术士和占卜家。作为政治人物,恩培多克勒在家乡备受争议,他遭到流放,不得返回家乡。他的生平极富神话色彩,相传他为证明自己的神性,投进埃特纳火山而亡;他相信自己投身火山之后会作为神再度回到人间。

行动中止了。那个人停止了摇摆——不真实地处在那种极端境地。他的命运掌握在他自己手中，他就是他的主宰。也或许，由即将发生的其他某个事件决定。

一个——两个。司长办公室主任跟着警察局长走了过来。有人递给他一副双筒望远镜，他把眼睛凑上去，顺着棕榈树王向上看，目光停在了那个人身上。出于人道主义尊重，他否认道："我认不出他是谁……"他在两种选择间犹豫着，最终进行了合适的处理，他选择谨慎小心，也选择了脸色苍白。现场的气氛像在急诊室外一样紧张，甚至愈发严肃。通知过家属了吗？没有，而且最好不这么做：家属只会带来尴尬和麻烦。我们希望采取果断的措施，但眼下的确举步维艰。我们不得不与这个精神失常的人交涉，没有其他办法。交涉就是为了拖延时间；这就是策略。但在这种不平等的关系里，如何能实际地开展对话呢？

是否需要搭建一个脚手架？——念头刚冒出来，一个圆锥形的喇叭就立刻出现了——是消防员的扩音器。院长打算对这件事进行推理分析：深入到这个人错乱的心灵迷宫中——然后进行智力压制——以医生的威严将他制服。短促、反复的警笛声引发了不确定的沉默。院长，这位驯熊高手，手握着黑色的大喇叭，把它放到嘴边。他像吹响马戏团的喇叭一样，对着天空大喊："阁下！……"开始时声音很小，好意劝说；效果糟透了。"阁下！……"语气里的卑躬屈膝不太合时宜。他光亮的秃头在阳光下闪耀着金属般的光泽；院长又矮又胖。人群无礼地嘲笑他："太丢人了，老头儿！"——还有人说——"算了吧，算了吧！……"外行的意见就是这样妨碍专家的策略的。

语气失控的院长完全放弃了，他吐了口唾沫，汗流浃背，拿开了扩音器。他当然没有把扩音器交给达尔塔涅教授。也没有交给热心的桑多瓦尔，或是嘴唇翕动的阿达尔吉索。也没有交给比洛洛医生——他倒是想要，也没有交给嗓音特殊的伊尼亚斯医生。那交给谁呢？我，我？我，如果你们是这么想的；作为最后的选择。我服从

了命令,如临大敌,必须得集中智慧。院长低声指示着我:

"朋友,我们是来帮忙的,我们是真心想帮你……"——我对着喇叭说,产生了回音。"帮忙?从下往上帮吗?……"——回答声非常响亮。他正处于情绪激动阶段。我不得不继续和他沟通。按照主任的新指令,我尝试用更亲切的语气呼唤他:"嘘!嘿!听着!看这儿!"他反问道:"我是要破产了吗?"他明显对我感到厌倦,但还是让我继续说下去。我竟然和他谈起了义务和感情!——他回答说:"爱是惊诧……"(掌声)他有时还会用手捂住嘴发出低沉的声音:"哇哦——啊哦——啊哦!"他还命令道:"要有耐心!"然后主任亲自插话道:"嗯?谁?嗯?"他迫不及待地从我手中夺过扩音器。"你,我,还有中立的人……"——那个人回答;在那不合时宜的高谈阔论中,他的想象力丝毫没有减弱。我们无效地交流了半天,进行毫无意义的推理,絮絮叨叨地分析,不会起到任何作用;只会让他的大脑越来越兴奋,变本加厉。我们意识到,想用拳头抚慰一头豪猪只是徒劳，不论结果好坏，我们都放弃了。最后，他高高在上地传来一句恶意的质问："已经想尽所有办法了吗？"

不，剩下的事情更加出人意料，仿佛是顺理成章地发生了。他来了……什么？还能相信什么？竟然是那个人！真正的公共财政司司长、活生生的、神志清醒的——他自己。他就好像是从地里冒出来的，以一种不太自然的方式现身。压抑，黯然。他拥抱了我们每一个人，我们也自然报以感激，就像父亲拥抱归家的浪子，或者狗见到尤利西斯。他想说话，声音却不协调；他指出了一些原因；他担心有个冒名的顶替者？他被抬上了消防车，然后站直身体，首先在舞台上做了一个完整的旋转，使自己进入演讲状态。公众对他充满期待。"市民同胞们！"他踮起脚说道，"我在这里，你们都看到了。那个人不是我！我怀疑这是敌人和对手在搞剥削、诽谤和欺骗……"因为嗓子哑了，他不得不停下来，不知道这是好事还是坏事。与此同时，另一个人，现在已经不再伪装，失去地位的他，悠闲地听着讲话。站在他所占据的高处，不停地点头称是。

正午时分，一切都像大理石般静止。奇怪的是，似乎没有人感到饥饿或者口渴，我只记得这些。突然，一个声音响起："我看见了奇美拉[1]！"那个人喊道，声音突兀而粗鲁；他很愤怒。而他是谁，或者是什么？此时此刻，他谁也不是，一介无名之辈，张三，一钱不值的废人。他已经将基本的道德视为相对的概念，将其抛在脑后：很显然，他证明了这一点。他不以为然。然而，带着一种玩世不恭的态度，仿佛筑起了空中堡垒。还是说他在演绎一场失事的史诗？他展示了自己皮肤与衬衫之间的东西。

因为，财政司司长还在滔滔不绝地讲话，而他毫无预兆地，突然开始脱衣服了。暴露在光天化日之下，一点一点地进行着。在我们眼前，接连飘落的衣物——外套、长裤、内裤——全都像旗帜般四散开来。最后，他的衬衫也飘下来，在

---

[1] 奇美拉，又译客迈拉，是希腊神话中会喷火的怪物，传闻它上半身像狮子，中间像山羊，下半身像毒蛇。

空中迎风鼓胀：空气的形状，洁白无瑕。然后，场面一片混乱！——骚动随之而来。人群中，妇女、老人、女孩，尖叫声，乱七八糟，乱八七糟，甚至有人晕倒。不敬的公众只要抬起眼睛，就会看到——他，赤身裸体，最原始的模样。一丝不挂，如同一根剥了皮的白木薯，置身于浓密的绿色棕榈叶间。他知道自己暴露无遗，用手触摸着自己的身体部位。"综合征……"——阿达尔吉索观察道；我们再次陷入困惑。"布鲁勒所说的精神分裂综合征……"阿达尔吉索一字一顿地登记着。这个人正在简化为一个丑闻和一个象征，像一个对比之下显出辉煌的方济各会士。现在他安静下来，情绪变得温和，回到了一种原始的状态。

在难耐的酷暑中，因为这场恶搞，各级官员满头大汗，怒气冲天。难道就对这个生事扰民、来历不明的捣乱分子束手无策了吗？他们反复斟酌：必须得解决这个棘手的局面。说干就干，短促而激烈的命令再次响起，如战斗中的号角——这是给消防员的指令。我们的场地变得宽敞起来，由绳索和警察围挡；报社记者和摄影师也开始行动，三五成群地在现场拍摄。

然而，这个人十分警觉，不仅坚持着他高远的意图，还非常积极地准备着行动。他肯定是预料到有人设下新的圈套来对付他，于是提高了警惕。他反击了。救援行动一开始，他就奋力向上攀爬，越爬越高：别想把他强行救下来！除非他自己想下来。他从摇晃的棕榈叶之间爬上了顶端；枝干到头了，随时都有可能失足掉落。他注定会失败——瀑布一定会向下奔流。"就是现在！"——我们齐声喊道；在这种紧张时刻谁会感觉到困倦呢。我们屏住呼吸。在短暂的阵阵寂静之中，消防员们冲了上去，他们勇敢吗？这个狡猾的人在树顶摇动，保持着平衡，就这样：带着厌世般的优雅，保持着不自然的平衡，以自己为独特的中轴线。他还在胡言乱语："难道我生性不能跃迁吗？"——他表现出浮夸的傲慢。

这一切确实让我们觉得有趣。他仿佛仍需要表现出乐观，向我们展示着出人意料的风格。他在挪动。停顿使局势变得更加复杂，也更为紧张。他的坠落与死亡悬而未决,笼罩在我们头顶。然而,即便他真的坠落身亡,也没人能够真正理解他。消防员们停下了动作,逐渐退了回去。那高高的梯子撤了下来,松动解体,收了回去。勤勉的官员们再次失败,只得重新分配任务。我意识到我们缺少了什么。就在这时,一支雄壮响亮的军乐队奏起了进行曲。高高的棕榈树顶端,一个孤独的生命在俯视我们。

神父微笑着说:"恶魔附身……"

确实,学生们如同恶魔附身一般,人数众多,从广场南端蜂拥而至——他们应该是在那里集结起来的。广场上突然爆发出一阵骚动,震耳欲聋,仿佛遭到了袭击。学生们像洪水一样推开人群。他们认定那个人是自己人,不论对错,发誓要救他。要控制这群学生何其困难。他们挥舞着看不见的旗帜,还有一种世代相传的热情。他们非常顽固。骑兵队会不会出动,对这群热血沸腾的年轻人发起攻击?他们会不会冲锋?嗯,稍后再说。混乱在加剧。眼下的情况瞬息万变。然后,人们请求增援,把广场清空;这确实是及时之举。此时，不和谐的国歌被唱起，在混乱的人群中扩散。和平在哪里？

局势胶着，司法与安全司司长站在消防车上，注视着这场骚动。他声音洪亮粗犷，义正词严地说："年轻人们！我相信你们愿意听我说说。我保证，一切都会得到解决……"——这话是真的。学生们为他鼓掌，虽有责备之意，但他们相信他的为人，场面稍微安静了些，局势有所缓和。在这场是与非的混乱中，公共财政司司长趁机离开了。他在情绪崩溃的边缘，悄然离场，就此退隐。

接下来什么也没发生。那个人半隐半现，舒展在他那棕榈树顶端的"摇篮"中。他要是睡着了，或者累了一松手，不就掉下来摔得粉身碎骨了吗？达尔塔涅教授向周围的人解释他是如何能够这样长时间稳固地待在原地的。一个态度僵化的混乱型精神分裂症患者，滥用着我们的耐心。"要是换成帕雷西族和南比夸拉族[1]，早就一箭把

1　帕雷西和南比夸拉都是巴西原住民族。

他射下来了。"——比洛洛医生说；他认为文明促使人类团结，对此深感欣慰。因为连院长和达尔塔涅教授此时也变得真挚而理智，和睦相处。

有人提出了一种新的尝试，还是为了这个老生常谈的问题。要是离这个疯子近一点，动之以情，他会不会让步呢？他应该不会反感；经过商讨，方案通过。行动随即展开：探险梯展开了——像一只袋鼠，或者一只巨大的红色螳螂——这个机械装置伸展到半空中。院长敢作敢为，他毫不畏惧地爬上去，自然成了英雄。我紧随其后，像但丁跟着他的向导维吉尔。消防员在一旁协助我们。我们向高处的那个人前进，尽管我们在空间里没有明确的方向感。他依然在高处数米之遥，听着我们失传的拉丁语。他为什么突然大喊道："救命"？

又一阵喧哗骚动——下面的世界爆发了。在愤怒、喧闹和狂热中，民众陷入了疯狂，被千百种动机驱使，像是中了邪，仿佛整个城市都被引向了精神崩溃的边缘。我们只能祈祷他们不要把消防车和梯子推翻。而这一切都是因为站在树顶上的那个人:仿佛他给城市的水源投了毒。

人性与陌生的东西重新浮现。那个人,我注意到他在看自己,我不得不关注他。突然,发生了一件可怕的事情。他想说话,但说不出来;话语卡在喉咙里。他的理智恢复了:也就是说,他清醒了,赤条条地挂在空中。比清醒更糟糕的是,意识彻底恢复;头脑正常了。他醒了!他的疯狂发作已经自行消退,他从谵妄中醒来,发现自己一直在梦游。他摆脱了各种影响和直觉的驱使;只是在病态的意识下,他使心智失去膨胀,退回到真实和自主的状态,退回到糟糕的时空中,退回到无止境的节制中。这个可怜人的心脏几乎要从胸腔里跳出来。他感到了恐惧和惊恐——因为他再次变成了人。他可能回忆起刚刚在失智状态下做出的危险且代价高昂的事。当时的他步伐不协调,智力停滞。而现在,他可能会从一个深渊坠入另一个深渊。我为他打了个冷战。他会掉下去吗?我们都在颤抖。这是一个僵局。因为他恢复了自我;他在思考。他在受苦——因为羞耻和恐高而痛苦。在他无限遥远的下方，乌合之众如一片疯狂的大海：发出地狱般的喧嚣。

他该如何摆脱困境呢？毕竟他已经把这个古板的小城彻底搅乱了。我理解他。他既没有脸面，也没有衣服——这个小丑、逃亡者、可怜虫——怎么去面对最终的审判呢？他犹豫不决，仿佛遭受了电击。他宁愿选择不被拯救吗？如若死亡的戏码上演，一切将再无转机。人的本性难移。他满是疑虑，徘徊于难以估量的远处，那里有数百万、数万亿棵棕榈树。这个可怜的人脱离了现实，试图无力地抓住"绝对理性"？狂热的群众——兴奋、疯狂——似乎察觉到了这一点，仿佛有什么不可思议的续篇戛然而止。于是他们狂叫，狂暴地、凶猛地。他是清醒的。而疯狂的人群想要将他处死。

那个人引发了不同寻常的怜悯——超脱于人类的范畴。生存的压力击败了他。现在，他像一只昏迷的负鼠，恳求我们的帮助。消防员们迅速行动，冲上去，变戏法一般对他展开救助。他们用木板、绳索和其他搜救手段将他放了下来。他得救了。眼下，确实。暂时如此。群众会毁了他吗？

事情还没有结束。他爬下梯子的过程中，更加仔细地打量那群仿佛追随第欧根尼的犬儒派群众。他的头脑中发生了一些意想不到的事情。他向我们展示了另一种颜色。难道群众又让他发疯了？他只是宣布："斗争万岁！自由万岁！"——赤裸的亚当，新生的精神病医生。成千上万的狂热者为他欢呼雀跃。他挥了挥手，平安无事地到达地面。随后，他从脚下拾起灵魂，变成了另一个人。他挺直了身体，裸身而立，眼神坚定。

宏大的结局终于到来了。人们将他高高举起，扛在肩上，风光地抬走了。他微笑着，或许说了些什么，或许什么也没说。在那场人民为了人民的无序之中，谁也阻止不了谁。随着人群逐渐散去，一切都归于平凡。这一天已经过去，只剩下那棵棕榈树，不真实地留在那里。

结束了。大家终于松了口气，纷纷换下工作服，穿上自己的外套。败下阵来的专家达尔塔涅教授、院长和伊尼亚斯医生——精神病专家们——讨论着未来严厉的预防措施。"我看我还没看懂我所看见的一切……"——桑多瓦尔的语气里充满了历史怀疑论。"生活是一个不断向未知进发的过程……"——比洛洛医生严肃地总结道,这是他第一次真正理解这一点。他优雅地戴上帽子,不再对任何事物产生安全感。生活就在当下。

只有阿达尔吉索什么也没说,他总是会无缘无故地突然让我们感到不安。他理智、正直、过于谨慎:他本身并不可怕,而是因为他在整个这场梦中,仍然是个未解之谜,让人感到不满足。回想起来,我本能地感到一阵寒意。他什么也没说。或者,也许说了些什么,顺从大局而已。然后,他就进城吃虾去了。

洁白的物质

是的,在农场里,最洁白的东西是木薯粉:比棉花、鹭鸶、晾在绳上的衣服还要白。从粗糙的磨具到光滑的盆钵,木薯果肉被一遍遍揉搓,最终在淡蓝色的浆液中沉淀——淀粉——纯粹、干净得令人惊讶。她叫玛利亚·埃希塔。是五月吗?还是什么时候?他们相识了。他觉得是五月,也许是因为五月充满了美好——露珠、圣母,晴朗的田野。情侣结婚,举办派对;他就是在一次派对上注意到她的:她,像鲜花。她与曾经那个又瘦又小,经历不幸的小女孩判若两人——很久以前,她被带到农场做女仆。不知不觉间,惊喜悄然绽放。有时候,时光会把一个女孩滋养得那么那么美。然而,尼西奥总是无暇也无心发现这些变化。

派对刚开始,他就离开了,几乎没有人注意到他的存在;因为生活不允许他打盹儿偷懒:他连睡觉时都伸展着身体,就为了节省点起床的时间。这都是为了忙碌的农活——制作面粉和木薯粉。桑布拉农场的面粉远近闻名;尼西奥意外地继承了农场之后,原本游手好闲的他突然干劲十足,快马加鞭地投入生产之中。他大规模种植木薯,因为在那片土地上,其他作物几乎都无法生长;还雇了许多人手;日子一天天过去,人们对他刮目相看。他当然不可能把时间浪费在她这样的小人物身上。

玛利亚·埃希塔。上了年纪的筛粉工蒂亚加阿姨可怜她,牵着她的手,担心她不受主人和其他工人欢迎。因为不幸的命运在她的每一道门上都打下了黑色的印记:她的母亲轻佻放荡,离家出走;她的一个哥哥因谋杀而入狱;另一个哥哥同样凶残,成了不知所终的逃犯;她的父亲是个本分的人,却被诊断出麻风病,被赶进了麻风病院永久隔离。她没有任何近亲可以依靠;她有一位富有的教母,但只是在这个地方短暂停留过,现在没有人知道她是否还活着，或身在何处。尽管如此，农场还是收留了她。不过，这并非出于对她直接的怜悯，而是因为蒂亚加阿姨的同情心。他们给她安排了一个最苦最累的活儿：在石板上用手捣碎木薯粉。

下午，尼西奥骑马回来，穿过种植园。时而信马由缰，时而策马奔腾，他总是急切地四处张望。他从不休息，星期天也一样。只是偶尔不一定在哪儿短暂地停留，让身体得到休息：小憩片刻。但他也不会在那里逗留太久。他真正的乐趣是在一天结束时，看到那片开阔的、绿油油的田野。他热爱属于他的一切——那些被他敏锐的眼睛包容的东西。然而，现在他只感到疲惫。他在沉思。他的马鞍因为用了太久而变得粗糙，填充物也在这里或那里露了出来；有太多东西需要修理，但他没有时间。他甚至没有时间去牛头山探望他的准未婚妻，她宁静的性格如同大地，一切都因距离而显得平和。他到达了农场，但还是用马刺驱赶着坐骑。

星期天的桑布拉农场一片寂静，晒谷场和磨

坊空无一人，连机器运作的声音都听不见。他问蒂亚加阿姨，她保护的那个女孩在哪里。"她在石板上敲木薯粉……"——老仆人简短地回答。时至今日，她还在做这种工作？至少该给她换个活儿了吧！"她自己愿意做，说她喜欢。而且确实如此……"——蒂亚加低声说道。不管怎么说，尼西奥知道她属于农场，并且在这里辛勤劳作，这让他很满意；他是这里的主宰。没什么好抱怨的。虽然木薯粉的生产过程仍然很原始，但他很快就能通过安装机器大幅改进生产，成倍提高产量。

过了很长时间，他才去看她。直到正午时分——日头很大，连小鸟都躲起来了。她坐在一张石桌前的小矮凳上；等人送来新一批沉重而坚硬的木薯粉块。雪白的粉末那样刺眼。简直是煎熬，是折磨：面对头顶炽烈的阳光和无情的白色，你不得不像犰狳一样眯起双眼。整整一天，空气停止上升，忽明忽暗，试图通过凝视地平线上某个小小的黑点来缓解那耀眼的白光对眼睛的影响；一切封闭得一成不变。他为她感到难过——可怜的小花——于是问道:"你在做什么工作?"这本是个愚蠢的问题,但她并没有生气。她的嘴唇微微张开,缓慢地露出了一丝笑容,但她依旧镇定自若。令人惊奇的是,她与其他人不同:她既不紧锁眉头,也不眯起眼睛抵挡阳光,而是睁大双眼——那双本身就闪烁着明亮光芒的眼睛。她似乎并没有因这些令人忧伤、阴森的粉末和毒辣的阳光而感到痛苦,反而从中汲取了某种安慰和轻松。她还那么美。漂亮、白皙,恰到好处——容光焕发,身姿优雅——她就像一位小淑女,像一道飞流而下的瀑布。他发现自己对她很礼貌。他不自觉地说到桑布拉的木薯粉:那是他的骄傲,因为它品质好,颜色洁白,所以比其他农场生产的那些黑黢黢品相差的更值钱……

这就是他们的初次交谈。他骑马回到家,他的心没有弄错,周日已不再相同。下午,斑鸠和金丝雀歌唱着。尽管他是主人,但他没有滥用这种优势。"姑娘,你的举止让我心动……"——他在心中重复着将来他可能说出的话。玛利亚·埃希塔。现在他知道：这个女孩的灵魂和本质与众不同。她独自一人来到这里，带着无法治愈的痛苦，来自一个完全相反的世界，满是诅咒，孤独得令人窒息。然后，她毫无异议、不假思索地接受了这份最不受待见的工作——在火炉般的酷热下进行的艰难工作，手指因劳作而变得粗糙，眼睛被耀眼的光芒灼伤。她是被风吹到这里，找到了一处避风港吗？她并不畏惧这些无情、洁白无瑕的粉末——它对视力有致命的危害。相反，她似乎从中获得了安慰，就像找到了一种解药；给她宽慰：一种更广阔的希望。在所有的这些时间里，她的美丽从何而来？她自身坚强的个性吗？她的眼神充满了甜美和温柔。她的微笑如同天使降临。这超出了尼西奥的理解。令人欣慰的是，尽管命运坎坷，但是她很乐观。这多亏了那项劳动。也就是说，他最好不要莽撞行事，也不能像蜗牛一样缩进壳里；他大概已经坠入爱河了。

"要是别人喜欢她，或者她喜欢上了别人呢？"——这种想法突然袭来，令他不安。桑布拉农场有这么多人,劳作,调情,参加聚会——这个念头让他烦恼。甚至想象她与别人轻松地接近和交谈都让他难过。不过,他听到的一些话让他安心。尽管她美丽动人,追求者众多,但她远离任何追求者,无论他们是恶意还是好心。人们担心她会遗传她父亲的麻风病,或者她母亲那种轻浮的性格,他们也害怕她的两个凶犯哥哥为了保护她随时可能出现。他们很小心。所以她很安全。但是,人没有永恒的保障。尼西奥开始参加聚会,从头待到尾。他并不喜欢跳舞;也不喜欢那种狂欢。他站在一旁,眼睛紧盯着她,就像一只守护猎物的秃鹫。他从未想到她在这种场合中如此得体——她轻盈的步伐,温润的贴面礼,将腰身交到舞伴手中的方式,像一朵幸福的鲜花,一只不会焦虑的斑鸠。第二天,她依旧会站在石桌前,敲碎那些碎石般的木薯粉块,耀眼的阳光。即使她跳舞,那也只是极少数的几次。人们害怕她那美丽外表下潜藏的未知疾病。啊,这种对她的忌惮是件好事,因为这意味着她注定不会结婚,甚至不可能胡来。她需要保持纯洁。是的，不必担心。玛利亚·埃希塔注定要脱离世俗生活，纯洁无瑕；她不属于任何人。任何男人都无法触碰她。

尽管如此，他希望她永远永远属于自己。而她，也一定会爱上他。

但是，当一切尚无定论——在那些旧的希望和新的失望交织的时刻，每当他从那里经过，都无法平静地看着她，只能远远地着迷地欣赏她。她或是坐在矮凳上，或是站着，双手都在劳作。她加工的原料是种类特殊、纯净干燥、沙质的木薯粉块。或者，有时候送来的原料仍然湿润、易碎、柔软，沾在她美丽的手臂上，甚至把她的胳膊肘上面也蹭白了。无论形态如何，那耀眼的白色都没有改变：反射出的光线让尼西奥的眼睛无法忍受，刺痛得就像直视天空中的太阳。

好几个星期过去了，他备受折磨，常常无法入睡，内心深处仿佛有两个自己在对抗，为情所困，像一部罗曼史。清晨时，他警惕地观察着下雨的可能，有时会突然叫醒所有人，大喊："快收淀粉！快收淀粉！……"人们慌乱地跑来跑去，找来麻袋和碗盆去收集那些晾晒在石板上的淀粉，在黑夜里，这些淀粉是唯一看得见的东西，如同一片清澈的湖水，四周围满了半睡半醒、惊慌失措的人。他在那尘土飞扬的环境中几乎看不清她的身影，但她那鲜活、温暖的存在令他感到满足，给他带来了慰藉。他听到人们谈论她："谁知道呢，也许某天她母亲会突然回来找她……或者是她那位教母……"他不由得一阵紧张。没有她，这一切辛苦的工作，所有的努力、产品的增多、土地的扩展又有什么意义？只要能够时不时地见到她就好。对他来说，她是世界上唯一的玛利亚。没有其他女人能让他平静下来；在远方，也不会有其他新娘。于是，他决心要有所行动，无论结果是喜是悲，都要鼓起勇气去追求她，把梦想变成现实。要是他先找蒂亚加阿姨谈谈呢？——他甩开了这个念头，拍了拍自己的额头。他不怕被拒绝，却在内心挣扎着，想做却无法下定决心。日子一天天过去，借口也一一消失。他到底在害怕什么？他自己都不明白。他有时怀疑自己是否还正常，是否配得上她？他看着自己的手指和手腕，时不时地摸摸脸。有的时候，他很生气：生她的气。要是这一切都是假的就好了，这样就结束了。他就能放下幻想，改变心意，获得内心的宁静，只专注于他本分的工作，放弃一切执念。然而，白天的忙碌只会累积夜晚的痛苦。他发现自己流下了忠诚的泪水。那么，为什么他不说出自己的想法，为什么让内心如此煎熬，犹如一只对着月亮嗥叫的狗在做着严肃的决定？但他做不到。终于，他还是行动了。

时机既无关紧要又至关重要；而她总是处在等待中。他鼓起勇气问她："你有没有想过要确定自己人生的方向？"他的语气充满了真情。她答道："如果要的话，那就现在吧……"说完，她明亮而温暖地笑了起来，显然没有刻意的恶意，也没有任何轻蔑之意。她的笑容在她那调皮的眼神中应该还有其他含义。

但是，听到这些话，他突然不寒而栗。内心深处涌上一股恐惧，还有疑虑。她会像她母亲一样吗？——这个念头让他更为惊讶。如果她的美貌——嫩白、光亮、丰满的肌肤——只是暂时

243

的，最终却要因为可怕的疾病变得粗糙、剥落、出现扭曲的紫斑，该怎么办？——这种恐惧让他全身颤抖。他甚至无法再凝视她那珍贵却可能背叛的美貌。不由自主地，他的目光转向了石板上的木薯粉，那白得耀眼的粉末在阳光下闪烁。虽然只是一瞬间，但他仿佛在那片白色中找到了某种力量，某种开阔的宁静，这宁静冲淡了他心中的纷乱思绪，驱散了他的苦恼。

耀眼的惊喜。

一片洁白。

就这样；但这也是确切、伟大、突然爆发的爱——超越一切的爱。尼西奥直视着她，没有再隐藏自己的表情，他全心投入，睁大了双眼。他微笑着回想起一切。玛利亚·埃希塔。那美丽的光辉照耀着她。她——就是她！他走近她，伸出手去触碰木薯粉——那阳光下奇特的粉末。捏碎它的动作让他感到愉悦，仿佛是孩子的玩具。所有人都能看见，没有人对此感到疑惑。他的心情激动起来。"玛利亚，你是否愿意，我们两个人，永远不分开？你愿意和我一起走过这一生吗?"——他望着她问道。而那些木薯粉,仿佛无尽的物质。她回答:"我愿意,非常愿意。"她露出了一抹微笑。而他没有注意到。他们肩并着肩,看向前方。甚至没有注意到,寂静无声的蒂亚加阿姨站在一旁,在日光里。

尼西奥和玛利亚·埃希塔——他们眯着眼睛,面对那耀眼的白光。一切都仿佛停滞了,现实和时间不复存在,寂静在他们的想象之中。只有他和她,融为一体,永不停息地共存,心在一起:思想在一起,爱在一起。破晓。他们走向前去,站在光里,仿佛这天是百鸟齐鸣的日子。

塔兰坦,我的老板……

该死!——他们连让我系好裤带、戴上帽子的时间都不给,更别说在厨房踏实喝杯咖啡了。"哦,天哪……"——是管家妻子的声音,事情就这么开始了。我立刻明白是怎么回事。对,我的大聪明老板正要逃跑呢,他一激灵从床上爬起来,身手矫健,悄悄溜出了房子,这个狡猾的家伙。确实看不出他一大把年纪,脑子也不如以前灵光,他的时间已经屈指可数了,几周,几天,或者几个小时。嘿,我必须得跟上他,没错,时刻跟在他后头。所以,我拉紧裤腰带,不假思索地追出去,衣冠不整,踉踉跄跄,慌慌张张:这就是我的职责。"快点,萤火虫,别让老头儿跑了!"——管家文森西奥先生好心提醒道,我猜他一定在笑。"交给我吧!"——我一边答应,一边暗暗骂着。然后蹦蹦跳跳地跑下这栋一钱不值的庄园里那段老旧的木楼梯，唉……

他在马厩里——这个麻秆一样瘦的蠢老头，正急匆匆地给马备鞍！我向他走过去，随时待命。他恶狠狠地瞪了我一眼，比平时还要凶。"我需要你什么都不做……"——他拒绝了我，还摆出一副能吓哭小孩的臭脸。我点头。他摇头。我点头同意他的拒绝。然后他对自己笑了笑。但又看了我一眼，仿佛带着鄙夷，他说："这个，今天的事不适合你，太严肃了，孩子！"这些话的分量让我有些不安，我心生疑惑。我感觉我们像是要拿着歪把子剑去打仗；而且他不打算用老一套的法子。昨晚我们还在讨论是不是应该马上叫城里的医生过来给他看病！现在，这老家伙却让我去备马。简直是胡闹！而且他不想用我们自家那些温驯的马，非要那匹看起来就不好对付的黑棕色大马。还有那匹同样是倔脾气的高大的黑白斑点马。这两匹可恶的马根本不是我们农场的，而是捡来的，还没来得及调查它们的主人是谁。无奈之下，我只能照办；对付疯子，得比疯子更疯，我懂。老家伙用他那双蓝色的大眼睛盯着我，他虽然疯，但很会指挥。他灰白的络腮胡在空中奓着——乱糟糟的，没有一根胡须是顺的。他做了几个夸张的动作。看起来比刚才更精神了。

我刚把脚伸进马镫，他就用马刺狠狠一踢，飞快地从大门冲了出去。我紧随其后——圣母保佑——我心中暗叫一声。他高高地坐在马鞍上，腰板笔直，一副要干大事、成就一番事业的样子。这就是贵族豪门的后裔吗——尊贵的若昂·德·巴罗斯·迪尼斯·罗伯特斯先生——由于年老昏聩，遭到亲戚们嫌弃，他们不愿让他在城里添乱，于是把他打发到这个庄园养老。而我，一个穷苦人，需要这份工作，只能忍受他这些毛病，可以想象，跟这样一个神经质的老家伙生活是什么滋味。他的行为让我既难堪又害怕，真是丢尽了脸。那匹棕黑色的马跑得飞快，快把地面踏穿了。它爱嘶鸣，随时可能把人掀下去。老头儿驾驭得了它吗？我们顺着灌木丛，以平稳的速度前行，脚步轻快。他戴着一顶华丽的宽檐帽，帽檐下露出长长的白发，他的头发还不少。"欸，走吧，去找那个瘦子，今天我要了结他！"——他怒吼道，想要复仇。那个"瘦子"就是他的侄孙，给他打过针、洗过胃的医生。"我要杀了他！杀光他们！"——他愈发疯狂地踢着马刺。他转过头来，突然大喊一声，暴露了他的想法："现在我自由了，我就是魔鬼！"他的脸涨得通红，颤抖着，他的皮肤非常白，还有我说过的那双蓝眼睛。他面目狰狞，相信自己已经和魔鬼做了交易！

这是要去哪儿？——我们快步前行，一会儿向左一会儿向右，马蹄踏在碎石路上，前蹄有些打滑。老头儿牢牢抓着缰绳，骑术娴熟。对我而言，他不会听到我的指责。我自己也不舒服。但我心里不太踏实。我的职责是看住他，不出什么大乱子。守护着一个老家伙——可不能让这个糟老头从马上摔下来！他这么疯疯癫癫，要是突然出点什么事死了，我可就麻烦大了！我手头的事说多不多说少不少，这老头儿——我的老板——总是让我很头疼。他嘲笑我说："萤火虫，你以为我们是出来生孩子的吗？"他的声音没有丝毫

249

颤抖或迟疑。他真有胆量穿成这样去完成穿越荒野的旅程？——没穿外套，只扣着一件马甲，脏兮兮已经褪色的卡其裤，一只脚穿着黄色的靴子，另一只脚穿着黑色的靴子；胳膊上还挂着一件马甲，说那是他擦汗用的毛巾。真是"奇葩"！而且他没带任何武器，只有一把严重磨损、已经生锈的餐刀——他居然认为能用这把刀对付他的侄孙——那个医生：他要一刀刺进他的胸口！他怒火中烧，却冷静下来对我说："萤火虫，孩子，回去吧，我不想让你和我一起冒这么大的险。"好嘛！他以为自己和魔鬼做了交易，是世上最勇敢的男人，腹地的荒野大镖客。嗯，他确实是个硬汉——家族血统摆在那里——而且是我的老板！这时，他指着前方的某个方向，假装开了几枪。我们继续前进，马蹄咔嗒咔嗒，在旷野里穿行。

穿过大片树林，我们突然遇到一个行踪可疑、神色慌张的人，骑着一匹同样可疑的马。对这样一个人，完全可以置之不理。但老头儿察觉到了他身上有些不对劲，在马鞍上正襟危坐，他的胡须微颤，厉声说道："你要倒霉的！"然后策马靠近，威严地俯视着他。看起来像是要对他动手。那个人被他的气势吓住了，败下阵来，这就成了？我甚至都没看清楚是怎么回事，一切发生得太快，也太怪了。老头儿认定这家伙是个贼！——后来，到了布雷贝雷，我们得知这人还真算半个贼，只不过充其量是个小喽啰、帮凶而已。他甚至没想逃跑，就像个挂着铃铛的猫一样待在原地。"啊哈！"——老头儿摇着硕大的脑袋说道。"为你惹的麻烦付出代价吧！"——他训斥道。那个帮凶毕恭毕敬地听着，不知道该如何应对。于是，老头儿下令道："跟我走吧！我保证你会得到公正的审判，只要你跟着我干……"你能相信？事实如此。那人骑着他的小马，最后竟然乖乖地跟着我们走了。大概一半是勉强，一半是心存侥幸吧。

我不敢想接下来会发生什么疯狂的事，我在酷热中煎熬，已经烦透了。所有的情况都表明，老头儿毫无理智，完全疯了。他咒骂着，咆哮着，挥舞着，在空中乱砍乱杀，还一边大喊：

"我要宰了这些可怜虫!"他那副样子,真以为自己是来悲惨世界复仇的魔鬼吗?

我们幽灵一般地前进,漫无目的地奔波着。那个帮凶并没有笑,我反而更加提心吊胆。接着,我们看见:一个可怜的女人背着一捆柴,怀里抱着个孩子,步履蹒跚地走着。老头儿温和地策马靠近她。我对这一切感到惊讶和担忧。老头儿摘下帽子,做了一些弯腰致敬的手势和动作。我心想:"我的天啊!不,不好!她就像一朵花,怎么能对一个女人动手呢?"然而,事情朝着另外的方向发展了。令人惊讶的是,老头儿疯狂的行为缓和了下来。难以置信的是,他对那个女人竟然表现出了如此的礼貌!在他的再三坚持下,她终于接受了:我的老板翻身下马,并让她骑了上去。接着,他绅士般牵着缰绳,步行在前。而我们那个帮凶不得不扛起那捆柴火,我则负责抱着那个孩子。尽管我们两个都骑在马上;但这一切都是滑稽的转折,对吧?

唯一令人欣慰的是,这场闹剧持续的时间并不长,我们很快就抵达了那个女人要去的村庄。

那个可怜而备受关注的女人下了马,比起感激,她更多的是感到尴尬。但是,请接着往下看,有时一场闹剧也会收获意想不到的结果。其实,在这个村里有一个男孩,大家都叫他"毛头小子",他就是这个女人的儿子。他看到母亲受到如此优待,感激之情溢于言表。而老头儿根本不给他拒绝或犹豫的机会,命令道:"去把马备好,听我命令,与恶魔一道,进行一场伟大的复仇!"关于"毛头小子",我得说说:他虽然人好,但是脑子不好。所以,他真的按老头儿说的去找了匹马,很快就赶上了我们。这一通操作不过是让我们看起来愚蠢罢了——那儿的居民,还有我们,这些三流角色。那么,在老头儿紧盯着我们的眼神之下,会发生什么?前方还有什么灾难呢?

什么都有可能发生。老实说:我开始怀疑自己的理智。即使是时间也无法告诉我结果。但是我们现在正在经过"愚人镇",我表弟库鲁库图住在那儿。当然,那不是他的真名,他的真名是若昂·托梅·佩斯塔纳;就像我的名字不是"萤火虫"——尽管朋友们都这么叫我,我的真名是若昂·佩斯·吉利。我看见表弟，向他示意。我只有时间说一句："快准备好你的马，务必赶上我们。我不知道我们要去哪儿，除了给魔鬼当差还能有什么。"表弟挥手示意他明白了。于是我们紧跟在老头儿后面——策马疾驰。他又开始疯了。他猛冲向前，大喊道："我要毁灭这个世界！"

然后：一片尘土飞扬！正午的阳光炙热，转过一个大弯，我们来到了布雷贝雷，我们正准备风风光光地进入小镇。风断断续续地把钟声送到我们耳边。我记得很清楚：那天是某位圣人的节日。烟花像爆米花一样在天空中炸开，空气中瞬间弥漫着蓝烟。老头儿得意地挥了挥手，让我们停下："这是在向我致敬！"——他在噼噼啪啪的烟火声中自豪地说道，声音像枪声一样响亮。我们自然不能反驳他。我们这队人马：那个帮凶、可怜女人的儿子"毛头小子"、我的表弟库鲁库图，还有为了工作的我，跟着他进了村子，马蹄声整齐有力。进入了布雷贝雷。

场面真是壮观。教堂前的大空地上挤满了

人，等待着游行。嘿，老头儿！——他冲着人群就去了，唉！没事找事，他的大马兀自踢踏着，嘶……嚓……；我们跟着。于是人群惊呼一片：欤欤欤，往那边走，四散开来。老头儿下了马，他那双滑稽的长腿站在地上；我们跟着。我把缰绳绕在胳膊上，一度以为我们可能要去抬那圣像的轿子。但老头儿再次戏弄了我。他继续走着，朝人群大声呼喊，让他们跟着他："朋友们……"——然后开始从他的马鞍袋里掏东西。他确实掏出了很多东西，甚至把袋底都掏空了。是钱，大把大把的硬币，他就那么撒在地上。哎呀，我的老天哪！这群乌合之众一哄而上，跪在地上，到处爬着，拾取那不朽的铜臭，永恒的财富。我们用胳膊肘，用拳头，拼命推挤着离开人群。脱离了混乱，我们终于可以喘口气了。但就在这时，神父穿着圣衣从教堂门口走了出来。老头儿向神父走过去。他走过去，到神父跟前，弯下膝盖准备接受祝福；但走过去的路上，他已经跪了好几次。"这人脑子不太清楚吧。"——我听见有人说闲话。老头儿个子很高，白胡子脏兮兮的,正在用他那顶宽檐帽子扇风。"他是不是卧病在床,来求上帝保佑他上天堂的?"——另一个人问道,他自称"闻天",因为神父和他是邻居,也是他的教父。他继续说:"我不会背叛他的,因为我欠他们家族很多旧情。"老头儿听见了他的话:"先生,你过来!"那人点了点头,对我低声说:"我要跟着他,最后帮忙抬棺材。"一个外号为"茄子"的年轻人也想加入我们;是为了钱吗?老人发疯地喊道:"上马,拿起武器!"神父安抚了他,又赐予了一次祝福,并伸出手让他亲吻。我不太确定自己的处境:"愿上帝与尘世和解……"我们上马离开,告别布雷贝雷。教堂的钟声敲响了。

好吧,又是一阵疾驰。我们没吃东西,一半的路还没走完;换句话说,还有大半的路要赶。即便如此,老头儿还是精神抖擞。他在马路边一个吉卜赛人营地前停了下来。"过来,嘿!"他们带着狗、孩子和正在修理的铜壶。那些吉卜赛人,狡猾、诡诈、一肚子坏水;吉卜赛人从来都是无赖。至少大家都是这么说的:于是,这些吉卜赛人提出了一个交易——他们想要我们所有的马匹。"做梦！皈依吧，魔鬼！"老头儿仍在召集人马，他收服了一个吉卜赛人，外号"黑脚"。他打算要什么花招？一下有这么多人加入我们。我不由得心生敬佩。然后又来了个"大肚子"戈维亚，他在困难时期曾是个糟糕的士兵。难道我们最后会在这场疯狂的游戏里占据上风吗？

于是我们继续前行，老头儿带领着队伍——嗒嗒，嗒嗒，嗒嗒……——就像一支冲锋的骑兵。又来了一个人，来路不明：流浪汉"伐木工"；还有一个无所事事的人，凭借关系混进来的。我们与上帝同在：一共十一人！向前进——继续向前进——在激荡的宁静之中。我看着老头儿，我的老板：他是个值得尊敬的疯子，站在高高的塔顶上。我们走到一条小溪旁，他定下规矩："马可以喝水，我们不行。我们必须禁绝一切欲望！"以严苛的自律，作为对强者的惩戒。我的老板，长脖子，大喉结，是个体面的男人。他是国王！是勇士。我的汗水已经流干了；但一切都是为了崇高的事业。

"杀了那些肮脏无耻的家伙！"——老头儿大喊。马匹，骑士，疾驰。我们现在：十三……十四人。又多了一个年轻人，"小丑"，少了一个"若昂·保利诺"。接着，来了个叫"哈巴狗"的家伙，还有个匿名的朋友；因为爱凑热闹，一个外号为"斑点帽"的黑人也加入了我们。入伙的所有人都兴高采烈，对老头儿充满热切的爱戴。我们浩浩荡荡地迎风前进，渴望冒险，满怀希望。最重要的是，我们想要追随这个老头儿。这是一种无拘无束的感觉——无论阳光还是雨水，都值得珍惜。呐喊声适时而至："杀了那些死有余辜的家伙！"——老头儿高声宣告。

他就是他，一个英雄，无论如何，当幕布落下时他仍是如此。"我要去见魔鬼！"——他怒吼道。"我要杀了那个瘦子，就是今天，杀，杀，杀，杀！"——愤怒的他依然没有忘记那个医生侄孙。驾！我可不是个废物；谁不明白这种严肃的事情？马蹄嗒嗒，我们继续疾驰——这些真是好马！没有人知道我们在追求什么，也没有人能让我们停下来。我们全力以赴。"让开，都小心点!"我们猛冲而出。但这还不够。在狂奔中,风,花,一切都在飞舞。我来到老头儿身边——……大老板,大老板……塔兰坦,塔兰坦……——他什么也没说。只有眼睛在动,显现出更深的蓝色,洞穿一切。他看了我千遍。"萤火虫!"——只有一句话,但我从他的眼神中理解了一切。"若昂就是若昂,我的老板……"于是:塔老板,坦老板,塔兰坦——我明白了。塔兰坦……——这就是他的荣誉称号,原来如此。好极了!我们即将抵达城市,马匹已经失控,狂奔不止。

接下来会发生什么?我没想过,老头儿不断大喊:"我要杀了他!我要杀了他!"高潮已经到来。"所有人,全体准备!"——叮叮咚咚,一片混乱。而我就在其中。萤火虫,佩斯,无畏者,库鲁库图,毛头小子,闻天,茄子,黑脚,大肚子,伐木工,哈巴狗,小丑,斑点帽;还有我们的朋友匿名者。而老头儿,魔鬼的忠仆——正在狂妄地大笑。就用这种两手一摊的精神,抓住恶魔的犄角。而我们也是一副无所谓的状态,无所畏惧的小丑,任由事情发展。我们很快就要到达最终目的地了。嗯,就是这条街。

这座城市——灾难来了!哪里有欢迎?全城都目瞪口呆,街上挤满了汽车和士兵。他们瞪大眼睛看着我们这支衣衫褴褛的队伍。我们一点也不害怕,对发生的事情毫不在意。啊,那老头儿,又在吹什么牛?——他发誓要杀了他!对,见鬼去吧!我们走……老头儿对那座房子的位置了如指掌。

我们朝那儿去,很快就到了。一栋又大又漂亮的房子。我那光彩的老板,真令人怀念啊。这一刻,我的眼睛湿润了。他怎么知道的呢?真的,他怎么可能猜得到?就在那天,就在那时,那里正在举行一场宴会。房子里挤满了人,打扮得漂漂亮亮的:正在为瘦子医生的女儿举行洗礼!我们毫不畏惧法律,也不在乎什么礼貌,直接冲了进去。没有任何人——无论是仆人还是客人,甚至是管家——来阻拦我们。真是,一场盛会!

震惊!正在聚会的一家人,看到老头儿死而

复生一般闯进屋,脸上写满了恐惧;我们,在他身后,一言不发。那群人,呆若木鸡,满脸惊恐,仿佛受到了什么可怕的启示。他们的表情:恐惧中混杂着愧疚。我们紧盯着他们。剑拔弩张。然后,另一个瞬间,出乎所有人的意料,我们的老头儿突然打破了沉默——腾!他高高举起胳膊,大声喊道:"我有话说……"

他有话说。你能相信自己的耳朵吗?真是让人意想不到。大家围成一大圈,场面更加混乱,但都同意了。啊,老头儿,我永远的老板,他先是咳嗽了一声:咳!然后说了一连串的话,说真的,一句也听不懂,可是他的声音是那么雄伟洪亮,无休无止,像大石头轰隆隆滚落。会让你的头在肩膀上摇晃不定。让我有强烈的想哭的冲动。我的眼睛又湿润了。其他人也是;我想。更多的感触,更多的沉默。老头儿越说越起劲,他说呀,说呀。我们都知道,他说的只是一些蠢话,老掉牙的东西。老头儿似乎变得更高了。像个英雄,干枯的胡子,沧桑的声音:他的脸,我熟悉,又不熟悉。

他一直说到心满意足才停下来。他的亲戚们相互拥抱，热烈庆祝着老头儿的突然出现。而我们，风尘仆仆的跟随者，也受到款待，享受着美酒佳肴，老头儿坚持要让他的随从一同用餐，所有人围坐在一张桌子旁，因为我们是他的骑士，疯狂的护卫，只不过现在更善用刀叉。我们开怀畅饮。老头儿亲自尝了美食，喝了佳酿。他终于对我们露出了笑容，仿佛已经准备好了开始一段遥远的旅程。深感欣慰。没有魔鬼。没有死亡。

然后，他停了下来，似乎陷入了沉思，沉浸在自己的世界里，似乎，已经与我们分离。他看起来十分消瘦、单薄：安静得就像一只空杯子。庄园的管家文森西奥先生，再也不会在庄园的黑暗角落里看到他疯疯癫癫的样子了。我那位聪明的老板，极其优秀又令人忧伤的——尊贵的若昂·德·巴罗斯·迪尼斯·罗伯特斯先生，现在他可以永远地离开这里，享受应得的安宁。我泣不成声，断断续续。塔兰坦——我的老板就是他……塔兰坦！

树梢

离开的背后

这次的故事是这样的。男孩再次前往那个成千上万人居住的大城市。这次只有他和伯父两个人,而且启程很坎坷。他昏昏沉沉地走上了飞机,脚步踉跄,内心被一种疲倦般的闷热感包裹着;别人跟他说话时,他只是假装微笑。他知道妈妈病了。所以他们才要把他送走,想必是因为情况紧急,需要离开一段时间。所以他们让他带上玩具,伯母给他带上了他最喜欢的玩具,据说能带来好运:那是一只猴子玩偶,穿着棕褐色裤子,戴着一顶红色的羽毛帽子。这个玩偶平时被放在他房间的小桌子上。如果它能动,是个活人,那肯定是世界上最顽皮和逗趣的家伙。随着其他人对他越来越友善,男孩也变得越来越害怕。虽然伯父开玩笑地鼓励他看看窗外的风景或者挑本杂志看,但是他知道伯父并非完全真诚。他还有其他的恐惧。如果他想起妈妈,他会忍不住哭泣。妈妈和痛苦无法在瞬间共存,那是一种可怕而无法想象的感觉。他也不明白这一切,脑袋里的想法变得一片混乱。这感觉像是:可能,有什么比一切都更为重大的事情即将发生?

根本不值得去看那些在空中交错的云朵,它们朝着相反的方向飞去,越来越远。再说了,所有人,包括飞行员在内,看上去都没有忧伤的模样,他们是在用一种虚假的方式表现出常规的快乐吗?伯父戴着一条绿色领带,正在用它擦眼镜。如果母亲处境危险,他就不会戴上这么漂亮的领带出门了吧。然而,男孩却感到一些后悔,因为他口袋里的那只猴子玩偶,它只是玩偶,滑稽的模样一成不变,还戴着那顶有高高羽毛的红色小帽子。他应该把它扔掉吗?不,这只穿着棕色裤子的猴子也是个小伙伴,不该遭受虐待。他只是摘下了小帽子和羽毛,把它们扔掉了,现在这些都不见了。男孩沉浸在自己的世界，蜷缩在他的某个角落里。他，可怜的小家伙，静静地坐在那里。

他多想睡觉啊。人在需要睡眠的时候，应该不再保持清醒，安心睡去。但他睡不着。他不得不再次睁大眼睛，看着那些短暂变幻的云朵。伯父看了看表。他们什么时候能到？一切看起来总是差不多，一成不变。只有人不一样。生活从未停下过脚步，让我们按部就班地生活，不是吗？即使是没有帽子的小猴子，也会知道那些紧挨着家里院子的树木和森林有多高多大。可怜的小猴子，那么小，那么孤单，没有妈妈；他摸了摸口袋里的它，小猴子似乎在感谢他，在那口袋深处，在黑暗中，它在哭泣。

然而，母亲只是带来了片刻的喜悦。要是知道有一天母亲会病倒，他就一定会一直待在她身边，紧紧地盯着她，用力地看着，牢牢记住自己正用尽全力看着她，啊。他本不该玩耍，不该做任何其他事情，只是待在她身边，哪怕是片刻也不分开，什么事情都不需要做。就像现在这样，在心中挂念着。他感觉到：思念母亲的感觉，比他们实际待在一起更加深刻和真实。

飞机不断穿越巨大的亮光，它在飞行——仿佛静止不动。然而，黑色的鱼在天空中游动，一定是游向那边的云层：背鳍和利爪。男孩抑制着痛苦。他希望飞机真的静止不动，只是悬在空中——然后倒退，飞回过去，让他再次和母亲在一起，以一种他之前从未想象过的方式在一起。

鸟儿的出现

在那栋没有变化的房子里，每个人都开始对他关爱有加。他们说，可惜这里没有其他孩子。如果有，他会把自己的玩具给他们；他再也不想玩了。当我们无忧无虑地玩耍时，坏事已经在悄然酝酿：它们在门后等待着我们。

他其实也不想跟着伯父坐吉普车出去，外面只有灰尘、人和土地。他紧紧抓住扶手，闭上了眼睛。伯父说他不应该抓得那么紧，而应该让身体随车子的颠簸来回晃动。如果他也生病了，病得很重，那他会离妈妈更远，还是更近呢？他的心像被啃了一口。他甚至不愿意和那只小猴子玩偶说说话。一整天都像是在消磨疲惫的时间。

尽管疲惫，到了晚上，他还是睡不着。那地方天气有点冷，空气也更稀薄。男孩躺在床上，感到害怕，心跳得厉害。妈妈，她……他因为这个念头而无法立刻入睡。寂静、黑暗、房子、夜晚——一切都在缓慢地向明天迈进。无论我们多想，也无法停下脚步，无法回到过去，回到那些我们熟悉和喜爱的时光。他独自一人待在房间里。但是小猴子玩偶不再是放在床头柜上的摆设了：而是枕边的伙伴，肚皮朝上，四肢伸展。伯父的房间就在隔壁，用一道窄小的木墙隔开。伯父在打呼噜。小猴子玩偶好像也在打呼噜，像个老男孩。我们在偷窃夜晚的什么东西吗？

当新的一天到来时，在尚未完全醒来但已不再沉睡的状态下，男孩感觉头脑清楚了不少——像是一阵风的轻抚，甜美，放松。很像是在观看他人记忆里的确定性影像；仿佛是一类超越认知的电影；仿佛他能够在心中复制那些伟大人物的想法。然而，正因如此，这些想法逐渐模糊，最终消失了。

但在那个早晨，他知道并且发现：生活中那些美好的事物，我们从来无法真正欣赏。有时，因为它们来得太快，出乎意料，而我们还没有准备好。或者，它们在意料之中，实际却没有那么美好，显得粗糙，不尽如人意。或者是因为坏事也在继续，没有给好事留出余地；或者因为缺少其他事物，它们的触发场景不同，需要与美好的事物结合才能形成完整的体验；又或者是因为，在这些事情发生的时候，我们就知道它们会结束，被时间侵蚀，瓦解……男孩无法再躺在床上了。他起床穿好衣服，拿起小猴子塞进口袋，他饿了。

门廊是一个通道，连接着小院、树林和广阔的另一边——那片幽暗的田野，笼罩在薄雾之中，似冰似霜，上面点缀着晶莹的露珠：一直延伸到视野的尽头，东边的天际线。太阳尚未升起。但天已经亮了。树梢镀上了一层金光。院子后面那些高大的树木，比晨露洗涤过的更绿。晨曦初现——万物芬芳，鸟儿啁啾。厨房里飘来了咖啡的香味。

"嘘！"——有人示意。一只巨嘴鸟正轻轻地横飞过来，落在了其中一棵树上。这么近！深蓝，翠绿，金黄，柔和的红晕——巨嘴鸟飞翔的景象。真是赏心悦目：体形庞大，装饰华丽，鸟喙仿若寄生花。它在树枝间跳跃，啄食挂在枝头的果实。所有光芒都属于它，它以五彩斑斓的身姿洒下光辉，不时跃起，在半空中飞悬，耀眼非凡。它挂在树顶，对着果实，咔嗒，咔嗒……啄完以后在树枝上擦擦嘴。男孩目不转睛，眼中闪烁着惊奇的光芒，那一刻的美好让他无法自持，只有寂静的欣喜。没有人说话，连伯父也没有。伯父也在享受这一刻：擦亮了眼镜看着。巨嘴鸟停了下来，倾听来自树林另一侧的鸟鸣——或许是它的幼鸟，不得而知。它巨大的鸟喙朝向天空，发出一两声锈迹斑斑的叫声："嘎——！"泪水在男孩眼眶里打转。与此同时，公鸡也在啼鸣。男孩在模糊的记忆中找不到任何具体的回忆。眼泪打湿了他所有的睫毛。

巨嘴鸟飞行时平稳而缓慢，唰，唰——仿佛在轻轻告别，走了，走了！那迷人的色彩在空中翩然起舞；像一场梦。然而，人们还未从这奇景中回过神来，目光便已转向另一边。太阳正要从那儿洒满金星镇[1]。田野的边缘如同一段幽暗的矮墙，缺损了一块，露出金色的裂缝，边缘参差不齐。太阳从那儿缓缓升起，轻轻地，慢慢地，露出半个光滑的圆盘，它的光芒照耀万物。现在，那颗金色的球体正在蓝天的边线上保持着平衡。伯父看了看手表。已经过了很长时间，男孩没有发出惊叹。他的目光捕捉着地平线上的每一个音节。

但是男孩无法将这个令人目眩的瞬间与关于母亲的记忆联结——健康的她，啊，没有任何病痛，在这里她只会是快乐的。他甚至没有想到从口袋里掏出玩具小猴子，让他的小伙伴也看看这景象：那只巨嘴鸟——那位优雅的红衣先

---

[1] 埃斯特雷拉达尔瓦（葡萄牙语：Estrela Dalva）是巴西米纳斯吉拉斯州的一个市镇，这是个多义词，有"金星"之意。

生，拍打着翅膀，昂首挺胸地向前飞去。但仿佛每飞行一小段，它都会停在途中某个看似不可能的地方，在空中悬停——此刻，一切仿佛无尽且永恒。

鸟儿的劳作

于是，在白昼的忧郁中，小男孩与内心不愿面对的情感斗争着。他无法忍受赤裸裸地直视事物的本来面目，也不忍直视它们的变化：更加沉重，更加复杂——尤其是在毫无防备的情况下看到。他害怕打听消息；害怕母亲恶疾缠身？尽管他不情愿，也无法回想过去。若试图想象母亲病重的样子，他根本无法理清思绪，脑海中一片混乱。我们的母亲就是我们的母亲，仅此而已；别无其他。

但是，他依然在等待；等待美好。那只巨嘴鸟——完美无瑕——它飞翔，停歇，飞翔。清晨时分，它再次飞向那棵就叫作"巨嘴鸟树"的大树。晨光照耀着大地，一片金色。每天早上，巨嘴鸟都如约而至,优雅轻盈,叫着"……来啦,来啦,来啦……"——它的飞行轨迹平直,稳妥,流畅,仿佛一艘小红船轻轻摇曳着船帆,向前滑行;那飞行是如此准确平稳,如同一只海番鸭滑过金色的水面。

陶醉之后,我们进入了平凡的一整天。是别人的,不是我们的。吉普车的颠簸成为最频繁的现象。妈妈总是叮嘱我们要小心衣服,但这里的土地似乎在挑战这种细心。啊,这只小猴子,虽然一直在口袋里,却被汗水和灰尘弄得越来越脏。千千万万的人都在辛勤地建设那座大城市。

而那只巨嘴鸟,总是毫无例外地在破晓时分出现,那里的所有人都认识了它。这样的日子已经持续了一个多月。最初,大约三十只巨嘴鸟成群结队地只在上午十点到十一点之间出现,声音很大。但是只有那一只会在清晨出现,在这里逗留。每当它出现,男孩总是急切地起床,揉着惺忪的睡眼,口袋里揣着他的小猴子玩偶,充满爱意地跑到门廊上去迎接它。

伯父对他讲话时,过于客气,却少了几分

自然。他们要出去——办点什么事。四处尘土飞扬。至于那只小猴子玩偶，也许某一天，会再得到一顶帽子，有高高的羽毛装饰；只不过这次应该是绿色的，和伯父那条引人注目的领带颜色一样，而他现在没有佩戴。每一刻，男孩都觉得自己仿佛只是一部分的自己，在不经意间被推着往前走。吉普车在步履不停的道路上飞驰，每一条路都是常新的。而在男孩最坚定的心里，只有一个念头：妈妈一定会好起来，一定会平安无事！

他等着巨嘴鸟，它会在早上六点二十分准时，准点，准确无误地到达；它会落在巨嘴鸟树的树冠上，啄食着果实，尽情享用这短短的十分钟。然后，它总是朝另一个方向飞去，在圆圆的太阳从地平线升起的那一瞬间离开。太阳在六点半升起。伯父用手表观察着这一切。

一天中的其他时候，巨嘴鸟不会来。它从哪里来，又居住在哪里——是那片密不透风的幽暗树林吗？没人了解它真正的习性，也没人确切掌握它的行踪：它在哪些其他的孤独角落觅食和饮水？但男孩认为一切应当如此——无人知晓。巨嘴鸟来自一个不同的世界，只属于那里。清晨：那只鸟。

这期间，伯父收到了一封电报，不由得露出忧虑的神色——希望在逐渐凋零。但无论如何，无论发生什么，男孩在心里默默坚持着、固执地重复着：妈妈身体健康，妈妈平安无事！

突然，他听到大人们在商量如何安慰他，如何抓住那只巨嘴鸟：用捕鸟器、拿弹弓打它的喙、用枪射它的翅膀。不，不！——他着急、愤怒。他所珍视、所渴望的，绝不是那只被困住的巨嘴鸟。而是清晨微弱的第一缕光，是晨光里那精确的飞翔。

那块缺损——他已经能够用心去理解。到了第二天，当那只鸟再次出现时，它的光辉，每次都像是一个天赐的玩具。就像太阳一样：从地平线上那片幽暗的小区域开始，瞬间破裂成光芒，仿佛是蛋壳破碎一般——我们的目光向辽阔而幽暗的田野尽头延伸，如同伸出手臂。

伯父停在他面前，一言不发。男孩不想了解任何危险。在他心里，一遍遍说着：他的母亲从未生过病,她从来都是健康平安的!小鸟的飞翔更让他魂牵梦绕。小猴子玩偶差点儿掉出来丢了:它的头和半个身子都从口袋里露了出来,鬼鬼祟祟!男孩没有责怪它。鸟儿的回归是情感的寄托,心灵的触动,是一种心底的满足。男孩把鸟儿幸福的飞翔和空中的声响都留存在记忆中,直到傍晚。这些可以安慰自己,可以缓解痛苦,让他短暂逃离那种严苛的压迫——那些死气沉沉的日子。

三天后,来了一封电报。伯父笑得非常开心。母亲已经恢复了健康!明天——再最后看一次日出前的巨嘴鸟——他们就回家。

超乎寻常的时刻

过了一会儿,男孩从飞机窗口眺望着白色的云层迅速变为虚无。与此同时,他沉浸在追怀之中,对那里的事物充满思念。他怀念巨嘴鸟和黎明,也怀念那些糟糕的日子里的一切:房子、人、树林、吉普车、灰尘、难以入睡的夜晚——

这一切现在都融入了他近乎蓝色的想象之中。生活本身从未停下脚步。伯父戴着另一条领带，不是特别漂亮的那条，他看着手表，急切地盼望抵达。男孩半思考着，昏昏欲睡。突然的严肃让他的脸显得更长了。

突然，他几乎跳起来，急切地发现：口袋里的小猴子玩偶不见了！居然把小伙伴弄丢了……怎么可能？泪水立刻夺眶而出。

这时，年轻飞行员助理拿着什么东西过来安慰他："看，我给你找到了什么。"——原来，是他前几天扔掉的那顶红色羽毛小帽子！

男孩没有再被泪水困扰。只是飞机的呼啸和颠簸让他有些晕眩。他拿过帽子，把它抚平，然后放进口袋里。不，他的小伙伴小猴子并没有在世界的无底黑暗中迷失，绝不会的。它肯定只是去别的地方散步了，也许未来再回来，就像人事物总是来来去去。男孩笑了，为他突然感觉到的平静而微笑：从最初的混沌中走了出来，就像一团迷雾终于散去。

那是一个无法忘怀的瞬间，他感觉自己能够

超越一切,同时也感受到平静。这一刻短暂得如同草叶消散一般,超出了平常,我们无法用言语表达:风景和一切,都在框架之外。仿佛他与母亲在一起,她健康、安好、笑语盈盈,还有所有人,以及戴着漂亮绿色领带的小猴子——在高大树木环绕的小院子里……在颠簸的吉普车里……在每一个地方……在同一个瞬间……一天的开始……在那里,他们在交织的时间中观赏日出,还有更加生动、悦耳、真实的景象——会暂停却不会结束——那只巨嘴鸟在清晨金色的树冠上吃着果实,就在家门口。只有这些,就这一切。

"我们终于到了!"——伯父说。

"哦,不,还没有……"——男孩回答。

他微笑着闭上眼睛:这是属于他的微笑和谜语。生活回来了。

新
流
xinliu

产品经理_于志远　特约编辑_王静

装帧设计_朱镜霖　营销经理_郭玟杉

出版监制_吴高林

流动的智慧　永恒的经典

图书在版编目（CIP）数据

河的第三条岸 / （巴西）若昂·吉马朗埃斯·罗萨著；郎思达译. -- 南京：江苏凤凰文艺出版社，2025.4.
ISBN 978-7-5594-9399-6

I. I777.45

中国国家版本馆CIP数据核字第2025LF2092号

河的第三条岸

[巴西]若昂·吉马朗埃斯·罗萨 著　郎思达 译

责任编辑	白　涵
特约编辑	王　静
装帧设计	朱镜霖
责任印制	杨　丹
出版发行	江苏凤凰文艺出版社
	南京市中央路165号，邮编：210009
网　址	http://www.jswenyi.com
印　刷	天津盛辉印刷有限公司
开　本	710毫米×1000毫米　1/32
印　张	9.5
字　数	128千字
版　次	2025年4月第1版
印　次	2025年4月第1次印刷
书　号	ISBN 978-7-5594-9399-6
定　价	58.00元

江苏凤凰文艺版图书凡印刷、装订错误，可向出版社调换，联系电话：025-83280257